Hallo Freunde,

Bitte verzeihe mir den Rechtschreib- und Grammatikfehler in meinen Texten. Zumindest in den deutschen Büchern, lach. Ich bin seit meiner Kindheit Englisch sprechend und schreibend aufgewachsen. Die deutsche Rechtschreibung und Grammatik war nie meine Stärke. Ich habe auch nie vor 2021/2022 etwas für andere Leuten geschrieben außer meinem Lebenslauf. Vielen Dank und viel Spaß beim Lesen.
Ihre, B. E. Wasner

B. E. Wasner


# RÜCKKEHR DER NEHRUS CBA-5142 /

# ODER IRRFAHRT DURCH UNBEKANNTE WELTEN

# & DER LANGE WEG ZURÜCK!


# EINE SCIENCE FICTION / FANTASIE-ROMAN

## Impressum

Bibliografische Information der Deutschen Nationalbibliothek:

Die Deutsche Nationalbibliothek verzeichnet diese Publikation in der Deutschen Nationalbibliografie; detaillierte bibliografische Daten sind im Internet über http://dnb.dnb.de abrufbar.

© 2023 B. E. WASNER

Herstellung und Verlag: BoD – Books on Demand, Norderstedt

ISBN: 978-3-7460-1480-7

DANKSAGUNG:

AN EIN TOLLES TEAM SEIT VIELEN JAHREN!


An ein tolles Team, der wunderbaren Buchhänd-
lerinnen, die mir nicht nur seit vielen Jahren geholfen haben, viele gute Büchern zu erhalten,

sondern auch gesagt haben, wo ich mit meinen

Geschichten hin gehen könnte!


Und meinen lieben Sis, die meine Geschichten

in Englische Sprache überprüft mit eine zweiten

Freundin.

# INHALTSVERZEICHNIS:

## NEHRUS-CBA 5142

"Diese Geschichte basiert auf meine Träumen, meiner Vorstellungskraft und meiner Liebe zu dieser Fantasiewelt!"

„Hallo, ich bin Advisorin Has' 'ee' *Tree, deshalb schreibe ich Teilweise in der "Ich" Form. Diese Geschichte habe ich angefangen zu Schreiben als Teil eines Rollen Spiels vor vielen Jahren. In 2016 habe ich 'Just For Fun' den zweiten Teil geschrieben. Und in 2021/2022, Teil drei. Wenn kleine Grammatik Fehler in dieser Geschichte sind, ist das gewollt sie sind ein Teil der Story. Es geht darum das man nach einer 15 Jährigen Irrfahrt durch unbekannte Welten immer noch desorientiert und verpeilt ist. Das man immer noch vieles durcheinander bringt."

# 01. Kapitel: RÜCKKEHR DER NEHRUS CBA-5142.

Prolog:

Die Nehrus CBA-5142 kehrt endlich nach Hause zurück!

Protokoll von: Has ' 'ee' -Tree.

Zeit: Unbekannt!

Schiffstyp: Versuchsprototyp der Dax-1- Gruppe.

Ziel: Brekarrsee, einer meiner Heimatplaneten.

(Wir sind nie da angekommen!)

Das Jahr, in dem die Nehrus CBA-5142 zum ersten Mal startete war 2382, es war der erste Flug des Schiffes und unseren auch gleich nach der Schule.

Wir waren seit Jahren im Weltraum verloren. Ursache war ein schwarzes Loch!

1.)

Zu guter Letzt. Endlich sind wir auf den Weg nach Hause! Wir waren nicht nur viele Jahre im Weltraum herumgeirrt. Wir haben nicht nur unseren Anführer, und den zweiten Anführer, sondern viele Kameraden auch noch verloren! Jetzt hat die dritte Offizierin Mrs. Zulenah das Sagen, sie ist eine Ururenkelin der Anführer Mr. Zulenah von der Exeditor -Lhee. Ich muss mal fragen ob ich meinen Namen ändern kann wenn wir nach Hause kommen, damit ich die Anführungszeichen (' ') um die Doppel (ee's) in Has' 'ee' -Tree entfernen kann.

Endlich sind wir zurück nach fast 15 Jahren, (länger als der Adventes von Anführerin May-gard) wir sind wieder auf dem Weg nach Hause! Die Zeit unserer Höllenfahrt ist fast vorbei! Wir haben keine Ahnung wie spät es ist; bei uns ist es 0:00! Das Schiff ist in einen sehr, sehr schlechten Zustand und wir sind es auch!

 Wir haben das Unmögliche geschafft!!!  Wir sind aus einem schwarzen Loch entkommen. Das passiert normalerweise nie! Durch einen Wurm Loch allerdings kann man fliegen! Nach fast 15 Jahren Irrflug durch das unbekannte, sind wir endlich auf dem Weg nach Hause. Wir haben nicht nur unseren Anführer und der zwei-ter Anführer verloren sondern auch die Hälfte unseren Kameraden, und viele von unseren Instrumente. Die von uns die gar nicht oder nur leicht Verletzt sind, arbeiten in Dreischicht-dienst. Der Rest liegt schwer verletzt auf der Krankenstation. Wir sind raus gekommen, aber der Preis war viel zu hoch!!

Ich wurde zum Vorläufigen Nummer 1 ernannt, und Mrs. Zulenah wurde zum Anführerin. Wir mussten einen Angriff der Mulden abwehren, als wir aus den Schwarzen Loch herauskamen. Während des Angriffs der Mulden gab es einen Unfall an Bord und mein Bein wurde schwer ver-letzt, Anführerin Zulenah wurde auch verletzt.

Obwohl ich zur Vorläufigen Nr. 1 ernannt wur-de, konnte ich eine Zeit lang nicht arbeiten. Dann gab es keinen anderen Ausweg mehr ich

musste mit Einschränkungen wieder arbeiten.
Später ist unseren Chefschiffsarzt zum Anführer
ernannt worden. Mrs. Zulenah war bei einem
weiteren Angriff erneut verletzt. Irgendwie haben wir es nach all den Jahren geschafft Kontakt mit der Heimat herzustellen, unseren Con
ist wirklich toll! (Ich werde Ihm für eine Beförde-
rung und Belobigung vorschlagen. Er hat es ver-
dient!)

2.)

 Anführerin Maygard von der Adventes ist jetzt
Senior Anführerin! Sie fiel aus alle Wolken, war
aber überwältigt und erfreut als sie unseren Ruf
und Namen hörte! Kein Wunder nach all den
Jahren! Ich war auf den Oberdeck, als die Ver-

bindung endlich zu Stande kam. Kurzer Lager-
bericht, dann der Befehl zu einen kleinen Werft
in der Nähe von den Mars zu kommen. Wir be-
kamen die Koordinaten und sagten wir könnten
in ungefähr 5½ Tagen dort sein. (Ich teilte da
auch meine Meinung wegen unseren Con. mit).
Sternendatum ungefähr eine Woche später, ge-
naue Uhrzeit unbekannt.

Zeit: Nur der Himmel weiß es. Endlich haben wir
wieder Kontakt nach Hause, wir hatten es kurz-
zeitig verloren. (Wir hatten einen Uhr gebaut das
angezeigt wie spät es hier war nachdem es endlich fertig war. Ob es auch die richtige Zeit zu
Hause auf die Erde war? Keine Ahnung). Als wir
wieder nach Hause kamen wurde uns gesagt,

dass wir Landurlaub bekommen sollten. Endlich sind wir angekommen!

Has' 'ee'-Tree, Ende.

3.)

Wegen der Behinderung in meinen Hüften kann ich keine normalen Röcke oder Kleider tragen, nur Hosen und Blusen. "Nun, ich denke Hosen mit Kleid würden es auch tun. Aber vergess das nie; Keine Röcke! sagte mein Arzt einmal zu mir. Ich habe das auch in deinen Krankenakten eingetragen". Vor zwei Tagen wurde mir gesagt ich sollte mich auf meinem neuen Schiff melden. Es wird wohl nichts mit Landurlaub so wie es aussieht. Ich sollte mich bei Mr. Kelly, den Anführer der Turnabout melden wurde mir gesagt sobald sein Urlaub vorbei war. (Unfair! Wir hatten 15 Jahren lang täglichen Stress hinter uns und haben keinen Urlaub bekommen obwohl es zugesagt war, schade).

Ich wollte jedoch nicht auf der Turnabout gehen, also sagte ich: "Bitte nicht der Turnabout Senior Anführerin Maygard, Ma'am!!!" Sagte ich. "Ich werde tun was ich kann, sagte Senior Anführerin Maygard sobald Sie den Mars erreicht haben." Trotzdem möchte ich nicht auf der Turnabout sein! Niemals, unter keinen Umständen!! Sagte ich." Darum hatte ich gebeten mit Senior Anführerin Maygard zu sprechen sobald wir nach Hause kommen. Leider ist nichts daraus geworden, aber mehr dazu später. Wir sind jetzt auf dem Mars, mal sehen wie es von hier aus weitergeht. Der Arzt auf den Mars hat gesagt: "auf jeden Fall Landurlaub! Zwei Monate lang vorne weg, für alle die auf der Nehrus CBA-5142 waren ohne Ausnahmen!!" (Nur ich wurde zu Senior Anführerin Maygard nicht vorgelassen, und zu meinen Vormund auch nicht, der Kerl von Stardemand dachte ich wäre eine Bettlerin und er jagte mich weg mit Gewalt!! Er sagte die beiden sind gar nicht da. Das war natürlich gelogen was ich viel später heraus fand. Was aus dieser Kerl geworden ist als es heraus kam was er getan hatte, habe ich nie erfahren, aber ich musste trotzdem auch nicht auf der Turnabout. Danke Senior Anführerin Maygard.)  Na dann....

Logbuch Eintrag Has' 'ee'-Tree, Ende.

# 02. Kapitel: ENDLICH WIEDER ZU HAUSE UND NUN?

## 1.)

Zum ersten Mal half es das -Tree nicht nur die Tochter zweier hochgeschätzter Diplomaten, sondern auch selber ein hochgeschätzter Advisorin ist, obwohl sie nie dieser Stellung und Macht benutzt hat in ihren Leben. Aber sie war nicht nur Advisorin Has' 'ee' -Tree, aus dem Hause: Haasss –ssseee -Treereee. Sondern war noch eine Diplomatin auch wenn dass nur eine Handvolle Leuten wüssten, weil sie nie darüber spricht. Wegen die viele Feinde der Eltern; wollten diesen dass -Tree nie als Diplomatin arbeitet wenn das möglich war. Wenn nichts anders geht, kann sie immer noch als Übersetzerin arbeiten hatten die Eltern einmal gesagt zu ihrer eigenen Sicherheit. (-Tree war voll Ausgebildet als Advisorin bevor sie zu Stardemand kam, auch als Diplomatin und das mit 17 Jahren".) – Tree bekam sofort ein Platz auf dem ersten Schiff das zur Erde flog. Aber nur der Anführer, der zweiten Anführer und der Chefschiffsarzt des Schiffes wüssten wer sie wirklich war und wo sie hergekommen ist. Der Rest der Mannschaft glaubte sie käme von irgendeinem uralten Kahn, weil man ihr auf den Mars einigen alten Uniform teile gegeben hatte. Sie sagte nur: "Ich helfe mit, ich bin nur eine zusätzlicher Helferin auf der Weg zur Erde", sagte -Tree. Nach eine Weile wurden alle Leuten außer eine Notbesetzung in Kälte schlaf versetzt für der Flug zur Erde, nachdem die Arbeit getan war. -Tree sollte sich nur nicht entgehen lassen, dass sie in zwei Monaten auf ein neues Schiff sollte. Alles was sie über das Schiff wusste war, dass es ein Ausbildungsschiff war, die Space Runner-02 nichts weiter.

Die gehbehinderte Advisorin hat trotz ihrer Erkrankung als Kind erfolgreich die Schule von Stardemand gemeistert in nur vier Jahren.

Bei der Rückkehr auf den Mars müsste Has' 'ee' -Tree (so heißt die Advisorin), erfahren dass ihren Eltern schon seit einiger Zeit vermisst würden. Nur dass -Tree zurück gekommen ist, ihre Eltern nicht. Sie hoffte in die paar Monaten Urlaub den sie hat ihren alten Freund und Vormund, den Schulgärtner Bouthsberry zu finden. Weiß Bouthsberry etwas? Lebt er noch? Ich bete dass er noch am Leben ist. Konnte er etwas über ihren Eltern wissen? Bouthsberry konnte alles wissen, zumindest kam es -Tree damals so vor. Sie hatte es geschafft, zur Erde zu gelangen, in der Hoffnung ihren Eltern wiederzusehen. Vielleicht kann sie die Eltern finden, oder etwas über sie heraus finden? -Tree sucht schon fast zwei Monate lang, und muss bald auf ihr neues Schiff. Obwohl sie nicht mehr viel Hoffnung hatte ging sie durch den Garten; wie sie es getan hatte als sie noch auf die Schule war. Sie hatte fast vergessen wie schön der Garten war. Nicht nur das sie ihren Vormund gefunden hatte, sie hat auch ihren kleinen Schwester Eémela ge-

funden. -Tree wusste nicht einmal das sie eine

Schwester hatte. Das würde zur Sicherheit für

alle Geheim gehalten. Die Familie hatte zu viele

Feinde.

2.)

 Niemanden den sie in den letzten Wochen und

Monaten gefragt hatte, konnte oder wollte ihr

etwas sagen über ihren Eltern! -Tree ging ge-

dankenverloren durch den Garten und dachte an

ihren Eltern. Niemand kann oder will mir etwas

sagen. Ob Bouthsberry? In diesen Moment,

 "HEY DU! HAST DU KEINEN AUGEN IM KOPF!"

schrie Bouthsberry laut auf, trat aber nicht bei-

seite, er blickte jedoch auf weil -Tree reflexartig

in die Sprache ihrer Mutter sich entschuldigt hatte. Bouthsberry sah aus als hätte er einen Geist gesehen, als er -Tree erkannte. "Mein liebes Kind" sagte Bouthsberry, "wie geht es dir?" (Ich schätze dass ich immer sein "Liebes Kind" sein werde lach, er kennt mich seit meiner Geburt.)

Bouthsberry hatte sich um –Tree ihr ganzes Leben lang gekümmert, wenn sie nicht bei ihr Großmutter war weil –Tree auf beide ihren Heimatplaneten aufgewachsen ist, bis der Unfall passiert ist und Bouthsberry die Erdatmosphäre nicht mehr verlassen konnte. –Tree kam dann mit ihren Eltern auf die Erde und entdeckte ihre liebe für Stardemand. Sehr zur Freude ihren Eltern. Von da an hatte sich Bouthsberry um –Tree gekümmert, da es einige Dinge gab die sie auf Grund ihrer Behinderung nie hätte tun können. Bouthsberry ist auch ihr Vormund da sie noch minderjährig war nach den Gesetzen ihren Heimatplaneten als sie mit der Schule anfing. Er hatte -Tree geholfen ein paar Themen neu umzuschreiben, und sie half immer im Garten aus, da sie auch dort gelebt hatte. Das war die Voraussetzung für die Aufnahme in Stardemand. Über die ganze Schulzeit muss sie bei ihren Erziehungsberechtigten in der Gartenanlage leben, egal wie lange die Schulzeit dauert."Kind warum machst du so ein Gesicht?" Bouthsberry fragte dass ganz sanft und leise. "Oh Bouthsberry! Ich bin wirklich mit meinen Latein am Ende. Niemand kann oder will mir etwas über meinen Eltern erzählen, und ich muss in ein paar Stunden auf das neue Schiff sein. Ich würde gerne wissen ob sie noch leben. Im Laufe der Jahre waren es die Gedanken an ihnen und dich, das mich am Leben gehalten hatte! Was kann ich nur tun?" Bouthsberry schlang seine Arme um -Tree und zog sie mit sich fort. Komm mit, du musst etwas wissen. Dann brachte er -Tree zu ihren Lieblingsplatz im Garten, denn uralten Baum wo eine junge Frau mit den Pflanzen plauderte die rund um der Baum gepflanzt waren. -Tree blieb eine Weile stehen und sah zu. Bouthsberry stand immer noch neben - Tree und hielt sie ganz fest in den Armen und -Tree legte ihren Kopf auf seinen Schulter. Dann rief er nach der junge Frau die -Tree schon gesehen hatte. -Tree stand immer noch da mit ihren Kopf an Bouthsberry's Schulter und er hielt sie noch immer fest an sich gedrückt. Auch als Eémela hoch sah. "Eémela, komm bitte und bringe den Brief von Komplexleiterin Val und die Holzschachtel auch." Eémela stand auf und gehorchte. -Tree sah Bouthsberry an, "kann sie nicht sprechen?" fragte -Tree.  "Eémela kann sprechen, aber nicht mit "Menschen" außer mit mir, jedenfalls nicht laut. Aber sie versucht es mit Pads die sie entwickelt hat, aber meist spricht sie nur in Gedanken, und das seit über 15 Jahren. Jetzt ist sie fast 19 Jahre alt," sagte Bouthsberry. Das ist fürchterlich dachte -Tree, etwas lauter als gewollt, und sie hatte Angst! Das kam mit der Zeit hin, als sie in der Schule kam und ihre Eltern bei der Großmutter Urlaub machen wollten, die Mutter war schon da. Aber dann wurde die Mutter 'krank' und der Vater musste deshalb eher fliegen. Bouthsberry spürte die Anspannung. Komm mit mir an den Tisch Eémela wird bald hier sein. – Tree und Bouthsberry  gingen zum Tisch und setzten sich. -Tree sah einen Krug Ginger Ale und einige Tassen da stehen, Bouthsberry nickte nur. Genau wie du, sagte er. Dann schenkte er das Ale ein und sagte, er wollte Kekse holen. „Eémela hat keine Angst sie redet einfach nicht mit Fremden," sagte Bouthsberry und ging. "Du schaffst das -Tree hörte sie auf einmal jemanden in ihren Kopf sagen, lass dir Zeit. Du bist stark vergisst das nie." Dann war die Stimme weg und sie war wieder allein. Nach ein paar Minuten kam Eémela mit einem Brief und einem kleinen Ebenholzschächtelchen zurück. Eémela, möchtest du dich zu mir setzen, fragte - Tree? Eémela war sich zunächst nicht sicher, was sie tun sollte sie sah sich unsicher um. Bouthsberry ist grade weg, er wollte Kekse holen. Mein Name ist -Tree. Eémela sah -Tree an. Du hast Angst Eémela, nicht wahr? Ich auch, sagte -Tree in ihrem Kopf. Das Kind sah die Große Frau an. „Sie?" fragte Eémela. -Tree nickte nur. „Du hast etwas von Komplexleiterin Val für mich?" -Tree sah die junge Frau an, die fast noch ein Kind war.

„Sie sind doch Advisorin Has' 'ee' -Tree und sie kommen von der Nehrus?" Ja, stimmt. „Dann sind diese Dinge für Sie, Ma'am," sagte Eémela.

- Tree lachte und sagte dann sanft und leise, es heißt nicht „sie" sondern „du" und mein Name ist "-Tree" und nicht „ma'am!" Sie streckte dem Kind die Hand entgegen und sagte: "Komm setz dich." Eémela nahm die Einladung sehr langsam an. Da war etwas an dieser seltsamen Frau. Und! Sie und Onkel Bouthsberry müssen sich wirklich sehr gut kennen. Er hat noch nie andere Frauen so umarmt, wie er dieser Frau umarmt hatte. Er hatte auch noch nie andere Frauen so nah an sich heran gelassen; Nein, nicht auf dieser Art und Weise. Er lässt mich ja nah an sich heran aber ich bin ja noch ein Kind und sein Schützling, das ist etwas anderes.

Nachdem beide Frauen am Tisch saßen und einen Schluck Ginger Ale getrunken hatten, fragte

-Tree was sie zuerst öffnen sollte? Eémela gab -Tree den Brief und sie schrie fast laut auf als sie ihn öffnete. Sie hatte die Handschrift ihrer Mutter erkannt! "Weißt du, was hier geschrieben steht? Oder von wem es ist?"–Tree's Name war auf den Umschlag gedrückt worden. Eémela saß nur da und hatte Angst! Ich habe auch Angst, dachte -Tree. Ich suche seit Wochen etwas von oder über meine Eltern und jetzt das! -Tree fing an, nur mit ihren Augen zu lesen:

„Liebste Tochter, wenn du diesen Brief von Bouthsberry zu lesen bekommst bedeutet das, dass wir nicht mehr auf die Erde sind. Nur die Sterne wissen, ob wir noch am Leben sind. Ich weiß auch nicht ob du mein liebster Haase, diesen Brief jemals zum Lesen bekommst, ich bete so mein Herz.

Du hast vielleicht schon gesehen dass ein junges Mädchen namens Eémela beim Bouthsberry ist, pass auf sie auf wenn du kannst, sie ist deine kleiner Schwester und wurde auf meinen Heimatplaneten geboren, am selben Tag wie Du auf dem Planeten deinen Vaters.

Eémela ist sehr intelligent. Nur seit dem Tag an dem sie durch Zufall herausfand, dass ihre große Schwester vermisst wurde; hatte sie nicht mehr gesprochen. Du bist Eémela's einzige Therapie.

Als sie klein war, lebte sie bei Mutter genau wie du. Aber als Mutter uns erzählte was passiert war, brachten wir das Kind zu uns auf die Erde, weil wir wussten wenn du noch lebst würdest du uns hier suchen! Dein Vater hat etwas für euch in die Schachtel gelegt. Sei vorsichtig damit, es ist sehr wertvoll und schon sehr lange in unseren Familien Besitz. Lebt in Frieden, meine Kindern. Wenn Du dich Sorgen machst meine Elu-Tochter ganz gleich worüber, gehe zu Bouthsberry er ist deinen (Eueren) Onkel.

Liebe dich (Euch) Mama!"

-Tree saß da wie ein kleines Kind und weinte unkontrolliert. Eémela nahm ganz vorsichtig die Hand der Frau und fragte, was passiert sei? Sie hatte noch nie jemanden so weinen sehen. -Tree sagte nur: "Ich habe meinen Eltern verloren, aber eine kleine Schwester und einen Onkel gefunden!" -Tree sagte dann in beiden Muttersprachen, dass es kein Wunder ist, dass Bouthsberry der Vormund von uns beiden ist. Das Kind war erstaunt, dass -Tree die Sprache über die Jahre nicht vergessen hatte. -Tree sagte nur, du kannst die Sprache der Menschen die du so sehr liebst, nicht vergessen kleine Schwester.  -Tree hatte nie gewusst dass Bouthsberry ihr leiblicher Onkel war, und nicht nur ein Freund ihrer Eltern, die damals sagten Bouthsberry sei ihr "Onkel" und würde daher bei ihnen leben, und er konnte es ihr nicht sagen. Nur so konnten sie die Mädchen vor den Feinden ihren Eltern schützten.

–Tree hatte immer Bouthsberry "Onkel" genannt weil sie ihn so sehr liebte. Bouthsberry war auch zurück. Er sah die beiden Frauen Arm in Arm liegend und hemmungslos weinen. Er wusste sofort was los war, und sagte: "Öffne auch die Schachtel -Tree". Sie tat es sehr langsam und schaute zuerst auf die Schachtel -Tree war überrascht!! „Ich kenne das, es gehörte Mutter!" Sie öffnete die Schachtel und erschrak, als sie die Stimme ihres Vaters hörte:

"Für die liebsten Wesen im Universum für uns, unsere beiden Mädchen!

Dies sind die vier Ringe unseren zwei Häusern. Ich habe zwei Ringe von jeder unseren Häusern zu einem Ring machen lassen, ein Ring vom Haus eurer Mutter und ein Ring von meinem Haus. Ein Ring für jeden von euch damit ihr für immer zusammen sein werdet. Onkel Bouthsberry weiß, wer welchen Ring bekommt. Die Ringe sind eurer Geburtsrecht. Ihr hättet sie beide an den Tag bekommen sollen an den Tag als Eémela 16 Jahre alt geworden ist, aber du Haassee wurdest vermisst und wir mussten weg. Niemand wusste ob der andere noch am Leben war. Trage sie mit Stolz und Ehre, bis wir wieder vereint sind. Wir lieben euch beiden von ganzen Herzen. Vater."

-Tree sah Bouthsberry an der immer alles wusste, wie es ihr immer noch vorkam. Er nickte nur und sagte: "Sie leben noch". Nichts mehr! -Tree kannte Bouthsberry lange und gut genug um zu wissen, dass er nichts mehr zu diesem Thema sagen würde!! Die Mutter war es nur richtig dass

die Mädchen wüssten das Bouthsberry ihr leibli-
che Onkel ist, der Brüder von einen engen Familien angehörigen. Mehr müssten die beiden
nicht wissen, das war genug.

Has' 'ee'-Tree's persönliches Logbuch.

Nachtrag:

(Ich kann jetzt ein (*) Zeichen vor Tree setzen,
wenn ich möchte und nicht nur das (-) Zeichen.
Das war die einzige Änderung dass ich an meinem Namen vornehmen konnte, mein Name ist
einfach zu einzigartig und selten.)

## 03. Kapitel: EÉMELA

## 1.)

Kurz nachdem *Tree auf ihr neues Schiff ging, hatte Eémela das erste neue Pad fertig. Die Mädchen hatten noch einige Wochen bis zum ihrem Geburtstag, da hat sich Eémela für die Aufnahme in Stardemand beworben auch mit 18 Jahren genau wie *Tree. Eémela hat die Prüfung mit Auszeichnung bestanden! Sogar besser als ich. Damals hatte ich mich mit 18 Jahren beworben und die Prüfung bestanden, dürfte aber erst mit 19 Jahren Stardemand beitreten. Auch Eémela dürfte erst mit 19 Jahren Stardemand beitreten unter die gleichen Bedingungen wie beim *Tree. Da es nur noch ein paar Monaten bis ich damals soweit war, ist das ok. Dadurch konnte Bouthsberry mir helfen in Ruhe den Unterrichtsplan durch zugehen und einiges umschreiben.

2.)

Eémela ist auch in alles anderes besser als ich es war mit alles was sie tat. Sie hätte auf jedes Schiff gehen können, aber leider konnte sie nicht bei ihrer Schwester sein, es gab immer noch zu viele Feinde ihrer Eltern im Universum! Wie ist es möglich fragt man sich, dass Eémela so gut war das sie in nur zwei Jahren auf jedes Schiff hätte gehen können? Na ja, sie ist so intelligent dass sie sogar das geschafft hat, was noch niemand zuvor geschafft hat! Sie übersprang gleich zwei Klassen (Schuljahre) und beendete die Stardemand Schule nach nur zwei Jahren! Brillante Leistung, und dass mit Auszeichnung! (Ich hoffe Onkel Boo hat ihr auch was in meinen Namen Gekauft, etwas Schönes, ich hatte nie gefragt). Andererseits wollte Eémela auch Bouthsberry nicht verlassen. Er hatte schon zu viele Familienmitglieder verloren, die er so sehr liebte. Um bei Bouthsberry zu bleiben, absolvierte sie eine zusätzliche Ausbildung und schloss sich ihren Vormund im Garten an. Niemand kannte den Garten besser als sie! Eémela wuchs in dieser Gartenanlage und bei Bouthsberry auf.

3.)

Was Eémela nicht wusste, war das Bouthsberry gelegentlich ihren großen Schwester *Tree schrieb wie es der Kleinen ging, wie sie Klassenbeste mit Auszeichnung war usw. *Tree stand so oft wie möglich mit Eémela & Bouthsberry in Kontakt, aber sie hatte Bouthsberry verboten zu sagen, dass er sie auf dem Laufenden hielt. *Tree wollte Eémel's Erfolge von ihr selber hören. *Tree tat alles um Eémela dabei zu helfen, ihr Selbstvertrauen zurück zu gewinnen. *Tree war so stolz auf ihrer kleinen Schwester und in ihren Herzen wusste sie dass ihre Eltern es auch waren, wo immer sie jetzt sind. Dic Eltcrn hatten zwei Mädchen, die sie liebten wie nichts anderes im Universum.

Und *Tree wusste aus tiefstem Herzen, dass ihren Eltern es auch wussten. "Werden wir jemals
wieder zusammen sein? Vielleicht eines Tages?
Nur die „Sterne" kennen diese Antwort! Friede
meinen/unseren geliebten Eltern. Mögen die
Sterne über euch wachen, leider können wir das
nicht."

4.)

Zwei Jahre sind seit dem Tag in Stardemand's
Gartenanlage vergangen, wo *Tree zum ersten
Mal auf ihren kleinen Schwester traf. Eémela
spricht immer noch nicht außer mit Bouthsberry
den sie noch mehr liebt, seit sie herausgefunden
hat das Bouthsberry ihr leiblicher Onkel ist. Mit
Hilfe der Ingenieure von Stardemand und von

Bouthsberry hatte Eémela ein Pad entwickelt, das Ihren geschriebenen Worten oder Gedanken in gesprochene Antworten umwandeln!

Persönliches Protokoll, Has' 'ee' *Tree, Ende.

Nachtrag:

Eémela fing langsam an mit anderen Leuten zu reden, was sehr gut ist. Sie ist immer noch sehr vorsichtig mit ihnen, aber das ist ja verständlich nach all dem was sie durchgemacht hat. Eémela hat ein neues Pad entwickelt das noch besser ist als die anderen, es gibt nicht nur die Antworten wie die anderen, sondern kann auch gesprochene und geschriebene Wörter übersetzen! Stardemand beauftragte sie sogar einige davon als Prototypen zu bauen. Sie hat viel Spaß damit

und hat mir sogar einen zum Geburtstag ge-
schickt. Zuerst schickte ich ihr eine Blumensa-
menkiste mit Samen von meinem Ausbildungsschiff. Bouthsberry erzählte mir dass sie so aufgeregt war, sie könnte nicht einmal sprechen.
Sie sagte nur zu Bouthsberry: „Wenn du mit
*Tree an unserem Geburtstag eine Verbindung
bekommst, sag ihr danke von mir und dass ich
sie liebe.

Protokolleintrag beenden, *Tree.

## 04. Kapitel: DIE ZEIT HEILT FAST ALLE WUN-
DEN!!!

## Prolog:

Unsere Oberkommando hat ein neues Projekt gestartet. Es heißt: "Hilfe für Menschen, die schwere Schicksale erlebt und erlitten haben!"

Es geht um die Übernahme von Patenschaften für meist junge Menschen. Man kann sogar selbst jemanden vorschlagen! Ich habe mich eine Weile den Leuten von meinem Schiff zugehört und einige fragen gestellt. Danach habe ich mich beworben und natürlich Eémela vorgeschlagen. Für Sponsoring Angelegenheiten stehe ich in Kontakt mit den Verantwortlichen, Mr. Pierré Lé Ránge. Eémela war noch nicht im Programm, aber mir wurde gesagt dass sie mit Zustimmung ihres Vormunds aufgenommen werden könnte, mit anderen Worten wenn Bouthsberry "Ja" sagt! Mir wurde auch gesagt dass zwei weitere Mitarbeitern dieses Pilotprojekts gerade bei Bouthsberry und Eémela angekommen waren, um sie über dieses Programm zu informieren. Ich wurde auch gefragt, ob mein Namen genannt werden könnte, da ich das Kind vorgeschlagen hatte? Was für eine Frage habe ich gesagt, das Kind sollte wissen wer sie vorgeschlagen hat. Ich wurde auch gefragt, warum grade dieser Person? Ob ich etwas über sie wusste? Ich sagte: „Soweit ich weiß, sind wir gleicher Herkunft. Dann hatte ich gehört, dass ihre Eltern ebenso vermisst wurden wie meinen.

Ich denke wir haben auch mehr gemeinsam, zum Beispiel ist Mr. Bouthsberry der Vormund von uns beiden!" Mr. Pierré Lé Ránge hat mir dann gesagt dass es einen Art Patenschaft auf Probe gibt. Das heißt, wenn Sie mit der von Ihnen gesponserten Person nicht zufrieden sind, können Sie vom Vertrag zurücktreten oder eine andere Person wählen. Sie können auch eine temporäre Patenschaft über einige Monate oder Jahre wählen. Es ist selten aber möglich, auch eine dauerhafte Patenschaft zu übernehmen also lebenslang. Meine Antwort war klar lebenslang! Für mich gibt es keine andere Art der Patenschaft! Dann fing Mr. Pierré Lé Ránge an wegen der Zahlung zu reden, nicht für das Patenschaftsbüro sondern für Eémela, wegen dem

Konto usw. Da sagte ich: „STOPP!" Wenn ich eine lebenslange Patenschaft übernehme, dann
entscheide ich wie sie bezahlt wird! Und das will
ich im Vertrag schriftlich festgehalten haben! Ich
werde den Vormund von Eémela, (der übrigens
auch mein Vormund ist,) kontaktieren. Ein Treuhandkonto für das Kind einrichten und Mr.
Bouthsberry die Vollmacht erteilen. Außerdem
möchte ich als Teil des Vertrags bestimmen
dass Eémela einen festen Taschengeldbetrag
erhält dass vom Vormund ausbezahlt wird. Nicht
das ich glaube dass Eémela nicht mit Geld um-
gehen kann, aber dass dieses Geld die Zukunft
des Kindes sichern sollte. Mr. Bouthsberry weiß
am besten, was und wie viel Taschengeld das
Mädchen wann braucht. Dieser Erklärung sollte

als solches genauso in den Vertrag aufgenommen werden wortwörtlich und nicht anderes!"

Mr. Pierré Lé Ránge war etwas überrascht über meine Beharrlichkeit, aber es wurde getan wie ich es wollte. Dann sagte ich: "Das Kind arbeitet an einen Prototyp eines Kommandozentralen Pads und wenn ihr Vormund es für notwendig hält, ist Geld aus dem Treuhandkonto zu nehmen; wie viel das ist seine Entscheidung.

Woher ich dass mit den Pad weiß spielt keine Rolle, ich weiß es eben. Zudem wird nicht nur das Taschengeld vom Treuhandkonto bezahlt, sondern auch das Geld für ihren Arbeitsstelle mit den Pads. Sie bekommt also beides! Auch hier weiß ihr Vormund am besten wie viel Geld gebraucht wird. Er wird auch sicherstellen dass

Sie über alle Kontoaktivitäten informiert werden, wenn er dies für erforderlich hält. Andernfalls wird in regelmäßigen Abständen ein Bericht versendet. Bitte klären Sie dies mit Mr. Bouthsberry, Danke."

Warum diese Treuhandkonto, Advisorin? Meine Antwort war weil es krisenfest ist. UND! Kein Unbefugter kann auf das Konto zugreifen! Mr. Lé Ránge gefiel das natürlich nicht, aber er sagte nichts dazu. "Will ich diese Information auch im Vertrag haben," fragte er? Ich sagte ja bitte. Inzwischen waren die Mitarbeiter des Patenschaftsbüros bei Eémela und Bouthsberry in den Garten angekommen und hatten ihnen bis auf die Kontosache alles über dieses Patenschaftsprogramm erzählt. Die beiden machten

Eémela und Bouthsberry sprachlos. Das Kind konnte nichts sagen, und Bouthsberry konnte sich nur bedanken in Namen von ihnen beiden, beide sagten sofort "JA" und nahmen das Angebot an. Bouthsberry wusste was dieser Patenschaft für das Kind bedeutete sagte aber nichts, er dachte es nicht einmal laut. Er sagte nichts aber er wusste, dass der Wunsch unserer Mutter gerade in Erfüllung gegangen war.

Ich habe Mr. Lé Ránge mitgeteilt dass er bitte im Vertrag angeben soll dass Änderungen und Ergänzungen immer möglich sein sollten, was auch immer das Leben dass Kind bringen mag. Du weißt nie wie sich das Leben mit ihr so spielt. Mr. Lé Ránge teilte mir mit, das die beiden vereinbart haben, die Patenschaft mit sofortiger

Wirkung anzunehmen. Bouthsberry meldete daraufhin Eémela für das Programm nachträglich an und teilte mit dass es bereits Sponsoren gäbe, und dass der Vertrag bereits abgeschlossen sei. Die Unterstützung für dieses Kind wird in Kürze beginnen. Ich bedankte mich bei Mr. Lé Ránge und dem Team des Sponsoringbüros. Dann bezahlte ich den vereinbarten Betrag für die Vermittlung und der Vertrag kam zustande.

Zur gleichen Zeit als ich dachte dass ich mich so schnell wie möglich mit Bouthsberry in Verbindung setzen müsste, dachte er dasselbe über mich. Ja, der Gedankenaustausch zwischen uns beiden war noch im Gange (lach). Aber eines war nun allen klar, die Zukunft des jungen Mädchens Eémela, dieses wunderbaren Kindes, war

gesichert. Es gab irgendwo einen Kommando-
advisorin die bereit war, sich aus irgendeinem
Grund ein Leben lang um dieses junge Mädchen
Eémela, zu kümmern. Vielleicht weil sie in den
fast 15 Jahren, die sie mit ihrem Schiff der

Nehrus  CBA-5142 verschwand so einsam war?
Ich hatte versucht mich so schnell wie möglich
mit Bouthsberry zu verbinden aber er war
schneller. Ich erzählte ihm von dem Treuhandkonto, dass ich für Eémela einrichten wollte und
dass ich beabsichtige ihn als Treuhändler einzu-
setzen. Auch dass ich gerade diesen Schritt in
meinen Vertragsbedingungen aufgenommen
haben lassen.

Onkel Bouthsberry lachte lauthals auf,

das gefiel ihm: "Sieht dir ähnlich, wie immer. Du hast uns beiden ziemlich sprachlos gemacht als wir von dem Patenschaftsprogramm hörten, und das Du dich dafür angemeldet hast. Das du Eémela als die Person gewählt hast, um die Du dich ein Leben lang kümmern möchtest, Respekt! Ich weiß was es für dich bedeutet, dich auf diesem Weg um deinen kleinen Schwester zu kümmern, nur um den Wunsch euren Mutter erfüllen zu können. Was hast du denen von Patenschaftsprogramm über das Treuhandkonto gesagt? Steht das auch im Vertrag?"fragte Bouthsberry. "Natürlich, habe ich gesagt, meine Antwort war das Treuhandkonto ist krisenfest. UND! Niemanden kann unbefugt darauf zugreifen!" Bouthsberry konnte nicht aufhören zu lachen, er hatte Tränen in den Augen, genau wie bei unseren erste Begegnung nach 15 Jahren aber dieses Mal Tränen der Freude.

Ich wollte Bouthsberry gerade von der Taschengeldklausel erzählen, als Eémela sehr aufgeregt ins Zimmer kam und zu Bouthsberry gerannt. Bouthsberry, Onkel Bouthsberry, der Patenschaftsvertrag von *Tree ist gerade gekommen, sie möchte für mich ein Konto eröffnen und du sollst mir davon Taschengeld geben, bitte was bedeutet das Onkel? Bouthsberry hat das Kind in den Arm genommen. Genau wie es heißt, du bekommst Geld von *Tree auf ein Konto und ich soll dir Taschengeld davon geben, zeig es mir bitte. Schau hier steht Entweder wöchentlich also jede Woche, oder jeden Monat das liegt an mir, weil ich besser weiß wann und wie viel Geld du brauchst. Aber hier steht auch, dass wenn du Geld brauchst für Teile deinen Blocks an dem gearbeitet wird, das du auch dieses Geld bekommen solltest und dein Taschengeld dazu. "Beides?" Das Kind konnte es nicht glauben! Ich sagte: "Ja" und lachte, Bouthsberry nickte nur. "*Tree sagt, das ich am besten weiß was du wann brauchen kannst." Oh Onkel; Eémela nannte ihn immer Onkel genau wie ich, lach, bis wir erfuhren dass er wirklich unser Onkel ist, an den Tag an dem *Tree herausfand das Eémela ihr kleiner Schwester ist. Darf ich bitte meine Freunde zum Eis essen einladen bitte? Ach das ist nicht möglich, das Konto ist noch gar nicht eröffnet also ist noch kein Geld drauf.

Bouthsberry umarmte das Kind noch fester und sagte: "Ich glaube, ich kann dir einen Vorschuss auf dein erstes Taschengeld geben. Hier und jetzt viel Spaß und nimm das neue Pad mit, es könnte sehr lustig sein es zu benutzen um Eis zu bestellen." Eémela küsste mich auf dem Bildschirm, sie küsste auch Bouthsberry, nahm den Pad sagte dann bis später und ging. Nachdem sie gegangen war sah mich Bouthsberry an und fragte sich, woher das Geld für die Kleine kommen sollte, er hatte da eine Ahnung. Aber über zwei andere Screenpads die Eémel gemacht hatte, kontaktierte er die beiden Einrichtungen unsere Heimatplaneten, weil er wusste dass ich eigentlich zwei Treuhandkonten haben wollte, und dass er über beiden die Generalvollmachten hatte. Er wusste auch, dass ich nur im Hintergrund autorisiert werden wollte, er kennt mich eben viel zu lange und viel zu gut, er kann zwischen den Zeilen lesen, er kennt meine Gedanken. Dann hatte er die beide Komplexe auf den Bildschirmen und sagte, er könne nur persönlich mit den Komplexleitern sprechen dann sagte er einen Code den ich nicht einmal kannte nicht einmal ich wusste dass er ihn hatte, und er wurde dann mit einer abhörsicheren Leitung Verbunden. Ich hatte keine Ahnung dass Onkel Boo Geheimnisträger der höchste Sicherheit–und Prioritätsstufe ist. Ja Onkel Bouthsberry ist immer noch ein Rätsel für mich und immer für Überraschungen gut. Er teilte denn Komplexleitern mit, das ich mich auf einer andere gesichert Leitung befinde mit Sicherheitsstufe grün, Prioritätsstufe eins. Die Komplexleitern wussten wer Diplomatin und Advisorin Has' 'ee' *Tree ist, obwohl wir uns nie begegnet waren. Bouthsberry erzählte seinen beiden Kontakten, warum er sie anrief:

1.)

Dass ich mich für das neue Patenschaftsprogramm des Kommandozentrals angemeldet hatte, dass mein Patenkind Eémela ist, und dass er Bouthsberry sowohl der Vormund als auch der Erzieher des Mädchens ist. (Und auch der von *Tree, sowohl Vormund als auch Erzieher.)

## 2.)

Dass er den Vertrag des Patenschafts-
programms in den Händen hält. Da heißt es,
dass Advisorin *Tree eine lebenslange Patenschaft für Eémela beantragt und vertraglich vereinbart habe. Zudem ist vertraglich geregelt,
dass *Tree für ihr Patenkind ein Treuhandkonto
eröffnen möchte, dieses krisensicher ist und
kein Unbefugter darauf zugreifen kann. Beide
Komplexleitern lachten, ja das stimmt wie die
Eltern so das Kind. Da sprach ich zum ersten
Mal und fragte vorsichtig ob sie meine Eltern
kennen würden. Bouthsberry bemerkte meine
Unsicherheit und meine Wortwahl. (Er kennt
mich einfach zu gut.) Die beiden sagten nur ja
wir kannten sie, bevor sie verschwanden. Sie

wären stolz auf Sie Mrs. Has' 'ee' *Tree wenn sie heute hier wären stolz und demütig dass ihren Tochter trotz ihrer Behinderung ihr Leben so gut meistert. Mrs. *Tree will dann ein Treuhandkonto eröffnen hieß es nur. "Nein! Sagte Bouthsberry, zwei Treuhandkonten. Eines sollte in jeder euern Komplexen eröffnet werden." Das hat sie denn Sponsorenbüro sicher nicht gesagt, sagte einer der Komplexleitern. Und das hat sie bestimmt nicht in den Vertrag aufgenommen, sagte der andere Komplexleiter und lachte. „Woher wissen sie was Mrs. *Tree will," fragten sie gemeinsam? Bis zu diesen Zeitpunkt wussten die Komplexleitern nur, dass ich die Tochter von zwei ihren Angestellten bin und dass meine Mutter ebenso wie Ich eine Advisorin ist. Sie wussten aber auch dass Eémela von denselben zwei Planeten stammt wie ich, sowohl Mutter als auch Vater, und dass ihre Eltern auch Komplexangestellte sind die mit Bouthsberry und meinen Eltern befreundet. Sie wissen noch nicht dass wir dieselben Eltern haben. Sie wissen aber auch, dass Eémelas  große Schwester seit viele Jahren vermisst wurde."Vergisst nicht, dass ich *Tree seit ihren Geburt kenne. Ich lebte in einem Haus mit ihr und ihren Eltern zusammen. Und dass ich mich als Vormund um *Tree kümmere seit sie klein war, erst recht seit sie vor 21 Jahren mit ihren Eltern hierher kam. Vier Jahren Unterricht und sie war immer bei mir im Garten, weil sie bei mir im Gartenhäuschen lebte. Dann verschwand ihr Schiff fast 15 Jahre lang. Und jetzt ist sie seit zwei Jahren wieder zu Hause. 21 Jahre Stardemand sind eine lange Zeit, plus die ganzen Jahre davor gleich 39 Jahre, eine Ewigkeit. Sie war 18 Jahre alt, als sie mit ihren Eltern hierher kam. Die Ausbildungszeit fing einige Monate später an. Ich kenne ihren Gedanken. Sie möchte für ihr Patenkind ein Konto, das dem Patenschaftsbüro durch den Vertrag bekannt ist und das dem Kind auch kennt, und ein zweites das dem Kind nicht bekannt ist, dieses soll für ihre Zukunft sein so dass sie abgesichert ist, falls *Tree etwas passiert." Da sagten beiden Komplexleitern wie aus einem Torpedorohr geschossen: "Ich weiß, wer Mrs. *Tree ist! Sie ist die große Schwester von Miss Eémela, die fast 15 Jahren vermisst war, oder?! Kein Wunder dass sie so besorgt aussieht um dieses Kind".*Tree überlies es Bouthsberry dies zu beantworten, er sagte nur „Ja meine Damen und Herren das ist richtig. Der Kommandozentrale hatte keine Ahnung was es tat, als es dieses Pilotprogramm startete. So kann *Tree sich um das Kind kümmern. Ihr fragt euch jetzt woher das ganze Geld für die beiden Konten kommen soll?" Beide Leitern sagten gemeinsam "Ja"! "Nun ja", sagte Bouthsberry langsam, "soweit ich das herausgefunden habe, wurde *Tree's Lohn während der Zeit, in der sie verschwunden war, immer noch gezahlt. Nur nicht auf ihren normalen Konto, sondern auf einem Treuhandkonto bei der Einrichtung ihres Vaters, aber unter einem streng geheimen

Nummernkonto. Das war von ihrem Vater geplant und ausgehandelt worden, bevor er verschwand. Leiterin Val dachte einen Moment nach und sagte dann: „Stimmt.  Aber warum hat Mrs.*Tree bis jetzt keine Ansprüche geltend gemacht?" Bouthsberry sah mich über den Bildschirm mit dem wir verbunden waren, ernst und traurig an. Er las die Frage in meinen Augen. Er machte den Ton auf den zwei anderen Pads aus und sagte in unserer Muttersprache: "Kannst du mir nochmals verzeihen, Kind meines Herzens, das ich bis heute nichts davon gesagt habe. Auf deinem normalen Konto war immer ein kleiner Betrag." Er schaltete den Ton auf den Pads wieder ein und sagte nur zu Leiterin Val, "weil *Tree bis heute nichts wusste und sie hat auch kein

Zugriff darauf." Dann klickte er auf das Bild von Leiterin Val und gab einen Zahlencode ein mit der Bitte es zu vertifizieren. Die Leiterin ging zu einem anderen Bildschirm und gab den Zahlencode ein. Leiterin Val war sehr blass als sie sich wieder hinsetzte, und nur „ja" sagte. "Was soll jetzt damit passieren?" fragte sie sehr leise. Plötzlich sagte der zweiten Leiter: "Kann das Kind, Miss Eémela, nicht hier bei uns auftauchen?" Bouthsberry lachte, "nein, ich glaube nicht es sei denn, es gibt hier keine Eisdielen mehr. Als Eémela den Vertrag bekam und ihr gesagt wurde, dass sie Taschengeld bekommt fragte sie, ob sie ihre Freunde in die Eisdiele einladen konnte. Sie hat immer Geld von mir bekommen, wenn es nötig war. Aber jetzt ist es eine regelmäßige Zahlung, und sie wurde offiziell im Vertrag festgehalten. Sie hat ihren neuen Pad auch dabei, um Eis zu bestellen," sagte Bouthsberry. "Tja, das erklärt den ganze Trubel in der Stadt," sagten die beiden Leitern lachend. "Nun zurück zu dem was Sie zuerst gefragt haben Leiterin Val, das Geld sollte in drei Teile geteilt werden sagte Bouths-berry, ein Teil bleibt wo es ist, ein Teil kommt auf das neuen Konto, das auch bei Ihnen klassifiziert ist wie das Konto das Sie gerade gesehen haben, und ein dritter Teil kommt auf das neuen Konto in den Komplex Ihren Mutter, also bei Ihnen Leiter Vaduze, da bekannt ist dass Eémela für einigen Jahren auf den Planeten ihrer Mutter gelebt hat als sie jung war, und zwar bei ihren Großmutter; das auch als Patenschaftskonto anzugeben ist. Da vom Konto des Kindes regelmäßige Taschengeldzahlungen zu leisten sind, soll laut Patenschaftsvertrag von *Tree ein größeren Betrag auf dieses Konto fließen. Das neue Konto an Ihrer Stelle Leitern Val, das die Zukunft des Kindes sichern soll, braucht jetzt nicht so viel Geld. Das Konto von *Tree ist auch da. Außerdem denke ich, dass wir die Zinsen von Ihren beiden Konten, falls vorhanden, dem neuen Konto gutschreiben könnten. Wenn etwas auf den Konto des Kindes ist, schreiben Sie es bitte natürlich auch gut, Danke. Da ich *Tree kenne, weiß ich das sie Ihren Kontostand überprüfen wollte um zu sehen ob sie von dort aus einen erheblichen Betrag entbehren könnte." *Tree war sich nicht

sicher gewesen ob ihr Lohn all die Jahren gezahlt worden war, fast 15 waren es oder ob er
eingefroren worden wäre, sie hätte Bouthsberry
gefragt wenn das jemals hätte sein müssen;
jetzt musste sie nicht mehr fragen, irgendwie
hatte dann ihr Vater etwas tun können bevor er
verschwand. *Tree war ihm sehr dankbar, weil
sie damit die Zukunft ihren kleinen Schwester
fürs Leben sichern konnte! Das war sehr gut für
*Tree gewesen. *Tree wusste dass Bouthsberry
Generalvollmacht auch über diesen geheimen
Konto hatte, aber sie wusste immer noch nicht
wie er zu ihr als Teil der Familie steht, von welchem Elternteil er der Bruder ist ? Sie glaubte
nicht dass er von einem anderen Teil der Familie
ist außer einem Bruder, aber sie wusste dass er

es ihr niemals sagen würde. Für die Mutter war es nur richtig das die beiden Mädchen wussten das Bouthsberry ihr Onkel war, das ist alles was Sie wissen mussten. Ihr Onkel und die anderen beiden Leitern hatten die Treuhandkonten sehr schnell verwaltet und     *Tree wurde als stille Partnerin eingesetzt was bedeutet, dass sie be-nachrichtigt werden konnte wenn etwas pas-siert, aber sie sagte nur dass es in Ordnung ist, "ihr drei macht es richtig, Bouthsberry ist immer verfügbar, ich nicht. Ich vertraue ihm voll und ganz, er weiß was er tut! Und, mein Patenkind lebt immer noch bei ihm da er ihr Vormund ist, und meins auch!"

„Danke die Herrschaften, für alles das Sie für mich und für uns getan haben. Wenn wir Ihnen jemals helfen können, sagen Sie es bitte Bouthsberry, er wird sehen was getan werden kann. Leider muss ich mich hier verabschieden, mein Dienst beginnt bald. Ich hoffe wir arbeiten gut zusammen, nochmals vielen Dank. Onkel, könnte ich dich hiernach bitte kurz sprechen, bevor ich heute endgültig gehen muss?" Bouthsberry nickte nur. „Danke dir." Die beiden Leitern verabschiedeten sich und *Tree bedankte sich bei jeden in dessen Muttersprache. Als sicher war dass die anderen weg waren, brach *Tree in Tränen aus. "Onkel, du alter Narr" sagte sie, "ich konnte dich umarmen und nie wieder loslassen oder aufhören zu weinen. Ich liebe dich so sehr, genauso wie meine Eltern. Bitte passt gut auf unsere Kleine auf. Und gib Ihr bitte alles, was sie braucht. Wenn sie etwas Schönes kaufen möchte und du denkst das es in Ordnung ist, dann lass sie es bitte kaufen. Du weißt am besten, was für Geld sie wozu auch immer braucht. Aber verwöhne sie nicht zu sehr, lach. Ich umarme dich mein liebster Freund. Ruhe sei mit dir und bleibt gesund!" sagte *Tree. "Dasselbe gilt für dich mein liebes Kind, bis wir uns wiedersehen," sagte Bouthsberry, dann war der Bildschirm leer! Bis wir uns wiedersehen dachte*Tree auch, meine geliebte Familie, ich hoffe dann für immer. Die Sterne kümmern sich um Euch. Und Ihr kleines Mädchen wird dank unsern Vaters Voraussicht ein Leben lang versorgt. Ich liebe euch allen.

Persönlicher Logbucheintrag, Has' 'ee' *Tree an Bord der Space Runner-02, in Sicherheits- und Wachdienst. *Tree, Ende.

Kapitel 05: ZWISCHEN TRAUM UND WIRKLICH-KEIT/ TEIL EINS.

Das persönliches Logbuch von Advisorin Has' 'ee'*Tree.

Dieser und der Beitrag über die erste Begegnung mit Eémela wurden von mir geschrieben: Advisorin Has' 'ee'*Tree vor Jahren, kurz nach dem wir nach fast 15 Jahren des um her Irrens in einem uns unbekannten Universum nach Hause zurückgekehrt waren. Ich war damals sehr desorientiert und verwirrt, wie wir alle! Wir waren auch alle sehr Traurig! Es war sogar für mich schwierig, trotz meiner Herkunft und Ausbildung zu Hause zwischen Traum und Wirklichkeit zu unterscheiden! Deshalb habe ich viele Jahre später dieser Ergänzung zum Bericht gemacht. Ich hoffe es bringt etwas Klarheit in diese Berichten!

Fakt ist:

Wir wurden angegriffen und hatten keine Chance zu gewinnen! Die meisten von uns kamen gerade aus der Schule, es war unsere Jungfernflug und auch der Jungfernflug die Nehrus CBA-5142. Wir hatten Mr. T'Laut als Anführer, Mr. Tempt war der zweiten Anführer. Und dann war da noch unseren guter Arzt (mehr über ihn später). Sie (beide unsere Anführer) starben im

Kampf. Mr. T'Laut starb neben mir, Mr. Tempt starb in meinen Armen! Diese Bilder werde ich mein Leben lang nicht vergessen!! Die Mannschaft machte mich provisorisch zur Nummer 1 (gleich zweite Anführerin), da viele der anderen Leute alle schwer verletzt auf der Krankenstation lagen oder Tod waren. Die drei Männer, die ich gerade erwähnt habe waren nicht die einzigen an Bord mit Erfahrung, aber sie waren die höheren Offizieren, wir hatten viele Besatzungsmitglieder der unteren Rangstufen, die lange Zeit unter Anführer T'Laut gedient hatten. (Was ich viel später erfuhr, war das Mr. T'Laut mir ein hohe Rang zugeordnet hatte, obwohl ich grade von der Schule kam. Aber es hieß dass meine Ausbildung vor Stardemand als Advisorin der Ausschlag gebenden Grund war. ( Das hatte ich nicht gewusst. Irgendwann hat mir das Dr. Jay gesagt). Wir hatten auch viele Instrumente und Waffen verloren.

Traum war:

Das Mrs. Zulenah das Sagen hatte. Das hätte mir gefallen. Ich wollte auch meinen Namen ändern, ich wusste das geht nicht.

Fakt ist:

Ich habe kein Zeitgefühl mehr! Es ist schon eine Weile her, seit ich auf die Stardust-01 gestoßen bin. Ich weiß nicht einmal ob Senior Anführerin Maygard Anführerin Chrissi Karrye erzählt hat, dass ich gerade mit den Leben davongekom-men bin wegen der Feuerteufel von San Francisco, und deshalb erst einmal auf dem Weg zum Schiff im Schlaf lag. Wenn ja, bin ich Ihr sehr dankbar. Möge das Glück Ihnen immer holt sein, Senior Anführerin Maygard...

Protokolleintrag beenden. *Tree Advisorin.

Traum war:

Dass ich ein paar Jahre vom Dienst auf Raumschiffen befreit war, und zur Schule zurück ging um mich weiterzubilden und mehr zu lernen, damit ich an mehrere Orten arbeiten konnte. Auch alles rund um den Feuerteufel und Senior Anführerin Maygard, wenn es um das Feuer ging war ein Traum.

Fakt ist:

Dass Senior Anführerin Maygard mir geholfen hatte, neue Standardkleidung zu bekommen und dass ich wegen meine Behinderung diesen speziellen Ausweis habe, Nummer: 19032359A60! Dass ich auf die Turnabout gehen sollte ist auch eine Tatsache. Ich fragte, ob es möglich sei auf ein anderes Schiff zu gehen, weil ich wirklich nicht auf die Turnabout gehen wollte. Nicht dieses Schiff. Niemals!! Dann eher zurück auf die Nehrus CBA!

Fakt ist auch:

Wir wurden von einen unbekannten Lebensform gerufen, die uns geholfen hat, unseren Weg nach Hause zu finden. Sie halfen uns auch das Schiff notdürftig zu reparieren. Das gesamte

Universum wusste endlich, das wir noch da waren. Die Nehrus CBA-5142 sollte so schnell wie möglich zur Antelellianswerft gehen. Es sollte untersucht werden, und wenn es noch einsatzbereit wäre, sollte es eine neue Besatzung bekommen. Nur Dr. Jay hat gesagt: "Ich kenne das Schiff ich bleibe! Ich war von Anfang an auf das Schiff!  Wenn ich nicht bleiben kann, bleibt niemand mehr hier auf den Schiff! Es war ein experimentelles Schiff, aber jetzt denke ich dass „sie" nur noch Schrott ist, das vertrauenswürdige Schiff. Ich sollte zu meinem neuen Schiff gehen, der Stardust-01. Als ich auf das Schiff kam, traf ich meinen alten Schulfreund Bardue.

Protokolleintrag abgeschlossen. Has' 'cc' -Trcc, Ende.

Epilog:

Zurückblickend: jetzt, wo ich nach all den Jahren darüber nachdenke, frage ich mich ob dieser Angriff damals nicht gegen mich gerichtet war, obwohl ich erst in den letzten Sekunden aufs Schiff kam, und ob dieses schwarzes Loch absichtlich vom Feind gemacht wurde. Es gab immer noch genug Leute, die sauer auf unseren Familienhäusern waren.

Has' 'ee' *Tree, Ende.

## Kapitel 06: DER NEUANFANG ODER IMMER NOCH IN DER TRAUMZEIT?

Persönliches Protokoll, Has' 'ee'*Tree, Advisorin. Sterndatum: Ich weiß es nicht. Auch wenn ich zurzeit nicht so genannt werden möchte, ich bin immer noch Advisorin Has' 'ee'*Tree, und ich bin jetzt auf dem Stardusts-01. Anführerin Chrissi Karrye und ihre Crew bereiteten mir einen herzlichen Empfang. (Anführerin Karrye war überrascht, dass die Nehrus CBA-5142 noch da war). Ich hoffe, es wird alles gut! Bardue freute sich mich zu sehen, wir waren in einer Klasse und ein Jahrgang zusammen auf der Stardemand Schule. Anführerin Karrye will meinen vollständigen Lebenslauf, also lasst uns mit den Schreiben beginnen !!

| |
| --- |
| Name: Has'. |
| Mittelname: 'ee'. |
| Nachname: *Tree. |
| Aus dem Hause: Haass –sssee- *Treeree. |

Geschlecht: Weiblich.

Alter: 39.

Geburtsort: Wiskenessee.

Geburtstag: 19. März 2359.

Rasse: Brekarressee/ Wiskenessee.

Familie:

Mutter: Christin Bernadett Annmarie,

Brekarressee/ Diplomatin & Advisorin.

Vater: José Eduardo, Wiskenessee/Diplomat.

Onkel Boo: John James, Vormund und Erzieher.

Ich: Auf der Suche (das heißt, ich bin mir nicht

sicher ob ich nur als Advisorin bleiben möchte

oder ob ich auch das andere tun wurde was ich

bin, nämlich auch eine Diplomatin). Ich habe

meinen Platz noch nicht endgültig gefunden.

Meine Eltern möchten aber nicht so gerne das ich als Diplomatin arbeite wegen unserer Feinde. Und wegen das viele herum Reisens mit meiner Behinderung. Auf einen Schiff bin ich trotzdem an einem Platz.

Posten: Schiffsadvisorin und Vorläufigen Nr. 1 der Nehrus CBA-5142 durch ein Notfall Situation, und der Angriff auf das Schiff.

Aussehen: 1,75 cm groß.  5'8" feet.

Augen: Blau/Grau.

Haare: schwarz/braun mit grauen Strähnen.

Gemüt: gutartig.

Biografie: Geboren auf Wiskenessee und aufgewachsen dort und auf meinen anderen Heimatplaneten Brekarressee. Ausbildung zum

Advisorin und Diplomatin auf beiden Planeten. Die Ausbildungen hatte sie mit 17 Jahren abgeschlossen. Etwa ein Jahr später kam sie mit ihren Eltern auf die Erde und entdeckte ihrer Liebe zum Stardemand, sehr zu Freude ihren Eltern. *Tree hatte die Aufnahmeprüfung für die Schule mit guten Ergebnissen bestanden. Ihre Eltern wollten nicht dass sie als Diplomatin arbeitet, ihre Fähigkeiten kann man viel besser für die Schule einsetzen. Mit den Segen ihren Eltern und mit Onkel Bouthsberry als ihren Vormund, trat *Tree 2378 im Alter von 19 Jahren in die Schule ein. (Kurz vor der Rückkehr von Anführerin Maygard, die mit ihrem Schiff eine Zeit lang verschollen war.)

Lieblingsfächer: Sicherheitstraining, Archäologie, kreatives Schreiben und teilweise Rollenspiele, unserer Vergangenheit von der Erde, Erste-Hilfe-Maßnahmen, Lagerarbeit, Fremdsprachen lernen, Fotografieren, Elektronik und Elektrotechnik, experimental Theorie und Gartenarbeit. Alte Sachen archivieren und katalogisieren.

Hobbys: Musik, Lesen, Spiele, Handarbeiten, Naturwissenschaft und Natur, Tiere, Pflanzen und Kräuterkunde. Experimente mit Freunden, und Experimente bauen. Mit meinem Vormund und meinen Freunde im Garten zu sein.

Hassfächern: Quantenmechanik, Quantenphysik, Apologie. Und besonders Biologie und Biochemie!

| |
|---|
| Mag: Mit Freunden herumsitzen. |
| Sport: Von Zeit zu Zeit zuschauen. Und unsere Sicherheitstrainingsshow. |
| Abneigungen: Angeber, Eifersüchtige, Neidern, Lügner, Tierquälern, Menschen die *Tree verletzen wollen, weil sie aus zwei alten, mächtigen und hoch angesehenen Häusern kommt, und ihre Eltern deshalb viele Feinde haben. Menschen die andere Menschen grundlos angreifen und Verletzen! |
| Charaktereigenschaften: Eifrig, Hilfsbereit, Freundlich, Zurückhaltend, Mitfühlend, Warmherzig, Großzügig, Tolerant. |

Schwächen: Manchmal übereifrig, zu viel tun zu wollen weil sie denkt, dass ihr Bestes nicht genug ist. Ihre starken Gefühle. *Tree, Ende.

2.)

Nach diesem Bericht wusste *Tree nichts mehr zu schreiben. Sie musste einfach abwarten, was passiert. Die Stardust-01 war auf dem Weg, gegen die Greegs zu kämpfen und *Tree wurde zum Dienst gerufen. Was als nächstes kommt, wissen nur die Sterne! Beraterin Has' 'ee'*Tree, Ende.

## Kapitel 07: IM KRANKENABTEIL DER SPACE RUNNER-02

1.)

"Ich habe immer noch Anfälle und Panikattacken wegen das was auf der Nehrus CBA-5142 passiert ist," dachte *Tree traurig vor sich hin und mein Schiffsarzt ist wieder mal ratlos. Ich hatte einen weiteren Anfall, bei dem ich ins Koma versetzt werden musste. Die Anfälle auf der Nehrus CBA-5142 waren damals sehr schlimm, sie waren 15 Jahre lang die Hölle!

2.)

Unseren Schiffsärztin, Dr. Killian, hatte keine Ahnung wie sie mir sonst helfen könnte, sie ist genauso ahnungslos wie ich, auch nach sieben

Jahren. Dann kamen Chef McBrien und unseren Anführer Tom McBreid auf die Idee die Stardust-01 zu kontaktieren, um zu sehen ob sie helfen könnten. Chrissi Karrye ist die Anführerin der Stardust-01. Unsere Team hat die Stardust-01 lokalisiert und Anführer Tom McBreid hat einen Hilferuf der Sicherheitsstufe zwei abgesetzt. An Bord der Stardust waren zwei Frauen von*Tree's Heimatplaneten, die Schiffsärztin Dr. Valeria von Heimatplaneten ihres Vaters & die Advisorin Mrs. Veen vom Heimatplaneten ihren Mutter. Anführer McBreid wusste das und deshalb hofften er und Dr. Killian dass die Anführerin Chrissi Karrye und ihre Crew mir helfen können. Es war der letzte Ausweg. Als er und Dr. Kilian mit Anführerin Karrye und ihren Mitarbeitern sprachen war der Sicherheitschef Mr. Bardue auch da, er war für die Sicherheit des Schiffes und auch für *Trees Sicherheit verantwortlich. Später fanden alle heraus dass Bardue und *Tree in derselben Klasse an der Schule und im selben Jahrgang waren. Nach sieben Jahren ist Dr. Killian mit ihren Latein am Ende, sie hat keine Ideen mehr und sieht keinen Ausweg. Sie hofft dass die Mannschafft von der Stardust-01 *Tree helfen kann. *Tree hat es erst später erfahren, weil sie wieder in Koma lag. Während dieser Zeit als sie hilflos, wehrlos und bewusstlos war, gab es einen Mann an Bord der Space Runner-02, der sich als der neue Ordonnanzmann ausgegeben hatte, nicht ungewöhnlich für ein Trainingsschiff, das verschiedene Bereiche durchquerte der sagte er hatte etwas gehört und er wurde nach *Tree sehen bevor irgendetwas passiert, (er hat erfahren dass *Tree da war,) dann hat er alle ihren wahren Pfleger außer Gefecht gesetzt. Danach kam er zu *Tree, griff sie an und verletzte sie schwer. Da ist auch noch einiges passiert, aber das fand man Monaten später heraus. Der Angriff weckte sie langsam aus der Koma zustand, so konnte sie Lärm machen. So hat sie anderen auf sich aufmerksam gemacht. Der Angreifer schlug noch mal zu um fliehen zu können, er war ein Feind ihren Eltern. Dr. Killian kam und fand *Tree, dann flickte sie *Tree wieder zusammen. Den Pflegern ging es nach einer Weile auch wieder besser. Aber nach diesem letzten Anfall musste ich wieder ins Koma versetzt und festgeschnallt werden, in diesem Zustand war ich auch angegriffen und verletzt worden. Einige Zeit später war es das gleiche obwohl ich im Koma war, weil ich auch unbeabsichtigt einen Arzt geschlagen hatte. Anführerin Karrye und ihre Mitarbeiter hörten kurz zu, sprachen kurz miteinander und dann sagte Anführerin Karrye: „Nun, wir nehmen Advisorin *Tree als medizinischen Notfall an Bord der Stardust-01, aber noch nicht als neuen Mitarbeiterin, weil ich Zeit brauche sie zuerst durchchecken zu lassen." Wir müssen erst sehen wie wir ihnen und ihr helfen können. Außerdem weiß ich noch gar nicht, wo ich *Tree unterbringen kann?

Dann sagte Mr. Bardue, zu mir im Sicherheitsdienst das ist doch klar, wir waren mal ein super eingespieltes Team, das sich blind aufeinander verlassen konnte. Und! Ich weiß was zu tun ist, wenn sie einen Anfall bekommt! Kann einer von Ihnen das auch sagen, "Ma'am", "Sir", mit allem Respekt. Ja, dieser Punkt ging an Bardue (lach). 100/0 hahaha.

Da der Space Runner-02 ein Trainingsschiff ist, kamen andere Mitarbeiter auf den Stardust-01 mit *Tree.

3.)

Ich hatte wieder einen schweren Anfall. Ich war auf die Krankenstation des Schiffes und in Koma versetzt. Wieder mal war der Anfall so schlimm, obwohl ich in Koma lag warnte ich vor einen Angriff auf unsere Schwesterschiff die

Stardust-01. Ich schlug um mich und traf einen Arzt auf der Krankenstation. Und ich konnte sogar mit meiner Schützling Eémela über weite Strecken in Gedanken sprechen.

Ungefähr zwei Jahre nachdem ich nach Hause kam, startete Stardemand ein neues Programm; das Patenschaftsprogramm. Man konnte dort Menschen in Not helfen und Menschen mit schweren Schicksalen. Lange habe ich überlegt wie ich Eémela helfen konnte, dann kam dieses Testprogramm auf. Nachdem ich ein wenig zugehört hatte, kontaktierte ich Stardemand und registrierte mich, sagte aber gleichzeitig dass ich jemanden kenne den ich gerne helfen wurde, das junge Mädchen ist mir ähnlich Eltern vermisst, Mr. Bouthsberry von Stardemand als

Vormund und sie hat nicht mehr gesprochen seit einen Unglück als Kind, nicht laut wie wir sondern nur in Gedanken. Ich sagte, Bouthsberry ist auch mein Vormund. Das machte einen großen Unterschied. Was ein Name alles ausmachen kann, oder zwei Namen, lol. Denn Advisorin Has' 'ee' *Tree ist auch nicht gerade unbekannt, in Zusammenhang mit der Nehrus CBA-5142. Ich habe sogar überlegt, mich mit meinem vollen Namen für dieses Programm anzumelden, aber das wäre zu viel für den jungen Mann gewesen. Ich habe die Programmmitarbeiter kontaktiert, sie sagten mir dass das Kind später hinzugefügt werden kann, wenn ihr Vormund "JA" sagt.

Zu gleicher Zeit, als ich mich mit Mr. Lé Ránge unterhielt, waren zwei Leute vom Stardemand

Sponsoring Programm bei Bouthsberry und dem Kind. Sie fragten nur ob sie sagen könnten dass ich die Patin sei und ich sagte ja sicher. Dann sind die beiden mit Bouthsberry und Eémela in den Garten gegangen. Mr. Lé Ránge und ich haben den Vertrag so gemacht, wie ich es wollte, denn das Geld für das Kind kommt von Anfang von mir und das auf Lebenszeit. Kein Vorschuss von Patenschaftsprogramm und keine Probezeit!

Normalerweise gibt es eine Probezeit von drei bis zu sechs Monaten, das ist Schritt 1. Man kann bis auf ein Jahr gehen, die ersten drei Monate inklusive! Schritt 2 ist vorübergehende Hilfe. Oder sehr selten, Schritt 3 Lebenslang! Ich sagte gleich Lebenslang und das Kind bekommt

Taschengeld und Geld um seine Pads & Tabletts zu entwickeln dazu. Mr. Bouthsberry weiß was und wie viel Geld das Kind wann braucht. Bei der Anmeldung müsste Bouthsberry nur angeben: „Patin existiert bereits, Vertrag läuft.“ Ja, das war vor fast fünf Jahren. Ich habe dem Kind gesagt, dass ich immer für sie da bin und wenn es Probleme geben sollte, soll sie zu Onkel Bouthsberry gehen. Irgendwann habe ich erfahren, dass dieser Weg für sie notwendig geworden war. Eémela wurde überfallen und missbraucht, nun erwartet sie ein Baby. Ich werde nicht zulassen dass Sie das Baby abtreiben lässt, wenn sie nicht ins Lebensgefahr ist und Onkel Bouthsberry auch nicht. Sie war in großer Not, hat aber jetzt uns und neue Freunde, die zu ihr stehen und helfen. Onkel Bouthsberry stellt sicher, dass Sie die richtigen Medikamente und Hilfe erhält. Jetzt freut sie sich auf das Kind, sie hat Leute die für sie immer da sind. Sie hat nicht mehr so viel Angst.

Am Anfang meines Berichts sagte ich, dass meine Ärztin wegen mir nicht mehr weiter weiß. Viel später hörte ich, dass sie die Stardust-01 kontaktiert hatte, weil zwei Leute von meinem Heimatplaneten an Bord waren. Sie bat die beiden um Hilfe und bekam sie auch. So bin ich auf die Stardust-01 als medizinischen Notfall gekommen. *Tree,

4.)

Dr. Killian sagte: „Wir müssen Mr. Bouthsberry, den Gärtner von Stardemand Garden in San Francisco informieren er ist der Vormund von Mrs. Has' 'ee'*Tree, sie möchte im Moment keine Advisorin sein, das sei verständlich. Er müsse wissen, „dass die Anfälle immer schlimmer werden und dass der Stardust-01 kommt", sagte auch Anführer McBreid. Ja sagte Anführerin Chrissi Karrye. Aber auch sagte Anführerin Karrye, Mr. Bouthsberry ist doch der Gärtner von Stardemand, nicht wahr? „Ja" sagte Dr. Killian, „aber auch einen Stardemand Offizier, der auf Grund eines Unfalls nicht mehr ins All gehen kann deshalb hat er den Garten übernommen." Die Schiffsärztin der Stardust- 01 sagte: „Er hat es einmal versucht und wäre fast daran gestorben. Ich hatte den Vorfall mitbekommen und konnte ihn gerade noch retten." Soll ich ihn kontaktieren, Sir? Das fragte Dr. Killian. Ja, bitte mache es. Dr. Killian fragte auch Anführerin Karrye. Ja bitte, Mr. Bouthsberry hat das Recht zu wissen was los ist. Dr. Killian, halten Sie Mrs.*Tree solange im Koma fest? Ja, ich wollte sie aufwecken um ihr zu sagen was los ist, aber sie hat so viel herumgewirbelt, dass ich Angst um sie habe.

5.)

Wir müssen einen Treffpunkt finden und dann herausfinden, wann wir Mr. Bouthsberry kontaktieren können. Wir haben auch hier auf der Stardust -01 zu tun. Wenn Ihnen recht ist Mrs.

Karrye, könnten wir vielleicht zuerst mit *Trees Vormund sprechen? Ja natürlich. Kontaktieren Sie uns einfach, wenn es soweit ist. Alles wird gut bis bald. Chrissi Karrye Ende!

6.)

Dr. Killian von Space Runner-02 hielt Wort und kontaktierte Bouthsberry. Sie sagte, ihn was vor sich und was die Anführerin Chrissi Karrye und der Anführer Tom McBreid beabsichtigten, nämlich *Tree als medizinischen Notfall zum Stardust-01 zu bringen. Dr. Killian weiß nicht mehr, wie sie *Tree noch helfen kann. Dann fiel Bouthsberry etwas ein, woran er seit Jahren nicht mehr gedacht hatte, etwas das Doktor Jay McKee von der Nehrus CBA-5142 einmal gesagt hatte. „Tatsächlich sahen die schwer verletzten

Besatzungsmitglieder auf der Brücke wie ihr Anführer und der Nummer 1, *Trees Wangen berührten um sie zu beruhigen, und sagten: Vergiss das nie, das wird dir helfen." Nach einer Weile sagte Dr. Killian, wenn *Tree wirklich Informationen von den beiden hat, verbunden mit dem was in den letzten 15 Jahren passiert ist, dann ist es kein Wunder dass sie ausflippt! Dr. Killian kontaktierte sofort die Anführerin der Stardust-01. Ungefähr fünf Tage später sollten wir der Stardust-01 begegnen. Als sie zwischen den Schiffen sprachen, sagte Dr. Killian etwas dass *Tree ihr vor sieben Jahren gesagte hatte nämlich, warum Sie nicht bei Anführer Kelly auf der Turnabout hatte gegen wollen. "*Tree hatte gesagt, dass er Frauen mit Behinderungen angreift. Er sagt, dass alle Frauen auf seinem Schiff normale Röcke oder Kleider tragen müssen! Es ist Ihm egal was die Ärzte über Hosen sagen, und sie hat noch viel mehr gesagt," sagte Dr. Killian. Jeder verstand jetzt, warum *Tree nicht dorthin wollte. Bouthsberry müsste Eémela sagen, dass ich im Moment sehr krank bin und eine Weile nicht mit ihr sprechen kann. Aber er sagte, er sei mit meinem Schiff verbunden und wisse, wie es mir gehe. Auch die Ärzte tun alles, um ihr zu helfen. Das arme Kind, jahrelang war Eémela krank weil *Tree vermisst wurde und jetzt ist *Tree krank wegen dem, was damals passiert ist! Eémela wusste von *Tree, aber umgekehrt wusste *Tree fast 19 Jahre lang nichts von ihr *Tree sagte einmal, sie habe nur einen

Freund, Mr. Bardue. Das war nicht ganz die
Wahrheit, sie hatte auch Jennya, ihr Brüder
Jimmy und natürlich auch Bouthsberry, ihren
Vormund. Und jetzt tat er alles, um ihr zu helfen.
Bouthsberry ging zu Stardemand, um mit Hilfe
eines befreundeten Arztes etwas über einen
ähnlichen alten Fall herauszufinden. Die
Schiffsärztin auf der Stardust-01 tat dasselbe
und fragte sich, wie mir geholfen werden konn-
te, den alle beiden versuchten die alte Crew die
Nehrus  CBA-5142 zu finden.

# Kapitel 08: ZWISCHEN TRAUM & WIRKLICHKEIT /TEIL ZWEI

Sternszeit: Irgendwo - Irgendwann.

Prolog:

Es ist fünf Jahre her, seit ich das letzte Mal etwas gepostet habe. Auf die Nehrus CBA-5142 wurde ich fast 15 Jahre lang vermisst. Das war vor sieben Jahren. Ich werde immer noch wegen der Nehrus Ereignisse behandelt. Ich bin jetzt seit sieben Jahren auf die Space Runner-02. (Die Space Runner-02 ist ein Ausbildungsschiff und war einst das beste Schiff, das wir hatten.)

Ich bin im Sicherheitsdienst. Wegen der Geschehnisse auf die Nehrus CBA wollte ich nicht als Schiffsadvisorin arbeiten.

1.)

Has' 'ee' *Tree ist meine Name; Ich bin Advisorin und Diplomatin. Ich bin seit 26 Jahren bei
Stardemand und die Tochter zweier Diplomaten
meine Mutter ist auch Advisorin.

Seit meiner Zeit auf die Nehrus CBA-5142 gibt
es für mich keine Grenzen zwischen Wirklichkeit
und Traum; ich kann sie immer noch nicht tren-
nen.

2.)

Jetzt ist es an der Zeit ein paar Dinge zu klären,
wieder einmal.

Erstens = Tatsache ist:

Ich war noch nie auf die Stardust-01 (bis jetzt).

Das war nur ein großer Traum. Ich hatte das
(„ee") aus „ee"-Tree nicht herausbekommen, ich
konnte das Zeichen vor Tree ändern manchmal
schreibe ich *Tree das geht und manchmal
schreibe noch -Tree.

Zweitens = Tatsache ist:

Ich sollte unter Anführer Kelly auf der Turnabout
gehen: "Nein! Ich habe nie gesagt!" Dann kam
ich zur Sicherheitskontrolldlenst auf den Ausbildungsschiff  Space Runner-02. Mit den Aufga-
ben eines Advisors wollte ich im Moment nichts
zu tun haben. Ich hatte selbst genug Probleme.

Dann kamen wir endlich nach Hause und ich
bekam meinen neuen Befehlen auf dem Mars.
Mir wurde gesagt, dass meine Eltern seit mehre-

ren Jahren vermisst werden. Nachdem wir das Schiff verlassen hatten, mussten wir alle zum Arzt auf den Mars. Er schrieb uns alle vorübergehend dienstuntauglich und sagte, wir sollten ein paar Monate Krankenurlaub machen wo wir wollten. Ich bekam über zwei Monate Krankenurlaub an Land und bat darum, meine Eltern auf die Erde suchen zu dürfen. Sie sagten, "Ok" aber ich sollte Stardemand regelmäßig Bericht erstatten.

Das war in Ordnung für mich, ich weiß dass sie sich Sorgen um mich machten. Gegen Ende bekam ich den Befehl, mich bei Stardemand zu melden, meinen Krankenurlaub war fast vorbei. Sie sagten mir dann, auf welchem Schiff ich mich wann gehen sollte.

3.)

Mein Krankenurlaub war fast vorbei, nur noch wenige Stunden. Ich ging noch einmal durch meinen geliebten Stardemand Garten, tief in Gedanken versunken und traurig, da ich meinen alten Freund und Vormund Bouthsberry nicht angetroffen hatte und ich traute mich nicht nach Hause zu gehen wegen diesem Stardemand Typ mit der Waffe, der mich schon einmal bedroht hatte. Als ich in San Francisco ankam sagte man mir, Bouthsberry sei im Urlaub. Als ich jetzt durch den Garten ging, hatte ich auch nicht mehr gehofft ihn zu sehen. Aber dann rannte ich direkt in ihn hinein. Das Wiedersehen war groß-artig und so herzlich. Er nahm mich in seine Arme und wollte mich nicht mehr loslassen. Das war vor sieben Jahren.

Der Fakt ist:

Ich habe eine kleine Schwester, die am selben Tag Geburtstag hat wie ich. Dass habe ich vor sieben Jahren herausgefunden. Ich wurde auf einen unserem Heimatplaneten geboren, Eémela auf den anderen.

Abgesehen davon, dass ich fast 19 Jahre lang nichts von ihr wusste, es war zu ihrer und meiner Sicherheit, da unsere Eltern und viele ihrer Freunde seit Jahren vermisst wurden, fand ich auch heraus an diesen Tag dass Onkel Boo "echt" unseren Onkel ist.

# Kapitel 09: RÜCKBLICKE AUF MEINE ZEIT AUF DER SPACE RUNNER-02.

1.)

Fast sieben Jahre ist es her seit wir endlich den Weg nach Hause gefunden haben, nach fast 15 Jahren die sehr schwer waren auf der Nehrus!!! Kurz bevor ich mit meinen neuen Schiff der Space Runner-02, abfliegen sollte traf ich meinen alten Freund und Vormund Bouthsberry und seinen neuen Schützling Eémela. Eine sehr sensible Person mit einem traurigen Hintergrund. Der Allmächtige wollte, dass wir beide zusammenkommen.

**2.)**

Ich hatte wieder einen schweren Anfall. Ich wurde zurück in die Krankenstation des Schiffes gebracht und wieder ins Koma versetzt. Unsere Schiffsärztin fiel kein anderen Ausweg ein.

Diesmal war der Anfall sehr schlimm, obwohl ich in Koma lag warnte ich vor einen Angriff auf unser Schwesterschiff die Stardust-01. Ich schlug um mich und traf einen Arzt auf der Krankenstation. Und ich konnte sogar mit meiner Schützling Eémela über weite Strecken in Gedanken sprechen.

Ungefähr zwei Jahren nachdem ich nach Hause kam, startete Stardemand ein neues Programm; das Patenschaftsprogramm. Man konn-

te dort Menschen in Not helfen und Menschen
mit schweren Schicksalen. Lange habe ich überlegt wie ich Eémela helfen konnte, dann kam
dieses Testprogramm auf. Nachdem ich ein wenig zugehört hatte, kontaktierte ich Stardemand
und registrierte mich, sagte aber gleichzeitig
dass ich jemanden kenne den ich gerne helfen
wurde, das junge Mädchen ist mir ähnlich Eltern
vermisst, Mr. Bouthsberry von Stardemand als
Vormund und sie hat nicht mehr gesprochen
seit, einen Unglück als Kind, nicht laut wie wir
sondern nur in Gedanken. Ich sagte, Bouthsberry ist auch mein Vormund. Das machte einen
großen Unterschied. Was ein Name alles ausmachen kann, oder zwei Namen, lol. Denn Advisorin Has' 'ee' *Tree ist auch nicht gerade unbe-

kannt, in Zusammenhang mit der Nehrus CBA-5142. Ich habe sogar überlegt, mich mit meinem vollen Namen für dieses Programm anzumelden, aber das wäre zu viel für den jungen Mann gewesen. Ich habe die Programmmitarbeiter kontaktiert, sie sagten mir dass das Kind später hinzugefügt werden kann, wenn ihr Vormund "JA" sagt.

Zu gleicher Zeit, als ich mich mit Mr. Lé Ránge unterhielt, waren zwei Leute vom Stardemand Sponsoring Programm bei Bouthsberry und dem Kind. Sie fragten nur ob sie sagen könnten dass ich die Patin sei und ich sagte ja sicher. Dann sind die beiden mit Bouthsberry und Eémela in den Garten gegangen und Mr. Lé Ránge und ich haben den Vertrag so gemacht, wie ich es wollte, denn das Geld für das Kind kommt von Anfang von mir und das auf Lebenszeit. Kein Vorschuss von Patenschaftsprogramm und keine Probezeit! Normalerweise gibt es eine Probezeit von drei bis zu sechs Monaten, das ist Schritt 1. Man kann bis auf ein Jahr gehen, die ersten drei Monate inklusive! Schritt 2 ist vorübergehende Hilfe. Oder sehr selten, Schritt 3 Lebenslang! Ich sagte gleich Lebenslang und das Kind bekommt Taschengeld und Geld um ihren Pads & Tabletts zu entwickeln, Mr. Bouthsberry weiß, was und wie viel Geld das Kind wann braucht. Bei der Anmeldung müsste Bouthsberry nur angeben: „Patin existiert bereits, Vertrag läuft."

Ja, das war vor fast fünf Jahren. Ich habc dcm Kind gesagt, dass ich immer für sie da bin und wenn es Probleme geben sollte, soll sie zu Onkel Bouthsberry gehen. Irgendwann habe ich erfahren, dass dieser Weg für sie notwendig geworden war. Eémela wurde überfallen und missbraucht und erwartet nun ein Baby. Ich werde nicht zulassen, dass Sie das Baby abtreiben lässt, wenn sie nicht ins Lebensgefahr ist und Onkel Bouthsberry auch nicht. Sie war in großer Not, hat aber jetzt uns und neue Freunde, die zu ihr stehen und helfen. Onkel Bouthsberry stellt sicher, dass Sie die richtigen Medikamente und Hilfe erhält. Jetzt freut sie sich auf das Kind, sie hat Leute die zu ihr stehen und für sie immer da sind. Sie hat nicht mehr so viel Angst.

Kapitel 10: ZURÜCKDENKEN!!

*Tree wurde am 19. März 2359 auf

Wiskenessee geboren.

*Tree stammt aus dem Hause: Haass- ssseee-
*Treeree.

*Tree war 19 Jahre alt als sie zu Stardemand

kam, das war in 2378.

Es war 2397, fast 19 Jahre später, als *Tree

kurz vor ihren 38. Geburtstag Eémela kennen-

lernte.

Eémela wurde am 19. März 2378, geboren auf

Brekarrsee! Die Heimatplaneten von Mutter.

Eémela stammt aus dem Hause: Eémm-

holschelttel-Tella.

Eémela war 4 Jahre alt, als *Tree 2382 mit ihrem Schiff, die Nehrus CBA-5142 verschwand.

Es ist 2404, Eémela ist jetzt 26 Jahre alt. Es gibt große Veränderungen in ihren Leben, sie wird bald Mama! Sie ist jetzt glücklich, weil sie Freunde hat die ihr helfen. Sie hatte anfangs Angst es nicht schaffen zu können.

Mutters Name ist: Christin Bernadett Annmarie. (Chrissy).

Vaters Name ist: José Eduardo. (Joey).

Onkel Boos Name ist: John James. (Johnny Jy).

Viel später erführ ich dass Dr. Jay von der Nehrus CBA-5142 auch ein Onkel von uns beiden ist. Er heißt: Jay Jacob. (J. J.).

## Kapitel 11: LETZTE NOTIZEN! & ANWORTEN??

**1.)**

Meine Schiffsärztin hat mir zusammen mit meinen Anführerin, Sonderurlaub bis nach dem Prozess gegen die Männer gegeben, die Eémela angegriffen haben danach wurde ich für sechs Monate dienstuntauglich geschrieben. Da ich wegen Eémela und Bouthsberry bodenständig war dachte meine Ärztin, ich sollte dort bleiben während ich dienstuntauglich geschrieben bin, zu Hause bei meiner Familie. Dr. Jennya kümmert sich hier um Eémela und mich. Sie ist die Ärztin für uns beide und ich bin mit ihr zur Schule gegangen. Sie muss sich weitergebildet haben, als ich auf der Nehrus war.

Mr. Bardue und ich gingen mit Jennya und ihrem Bruder Jimmy zur Schule. Sie waren uns einige Jahrgänge voraus. Jimmy ist jetzt der oberste Sicherheitschef. Bardue ist gerade angekommen, er hat Sonderurlaub von der Stardust-01 bekommen und ist hier mit einem vollständigen medizinischen Bericht für meinen Arzt/ Ärztin. Er wusste nicht dass es Jennya ist. Er hat sich sehr gefreut sie wiederzusehen und ich auch. Bardue kann jetzt auch endlich Eémela treffen. Eémel war so beeindruckt von ihm, dass sie fragte ob er wenn bei der Geburt alles gut gehe neben Bouthsberry Pate für eines ihrer Kinder sein möchte? Wenn das für ihn in Ordnung war? Sie hatte gerade erfahren, dass sie Zwillinge bekommen wurde! Jennya war der Meinung, dass Eémela von nun an sofort als dienstuntauglich geschrieben sein sollte, dann in Mutterschaftsurlaub weil sie eine Risikoschwangerschaft hat. Eémel hatte Angst, also ging sie zum Kuscheln zu *Tree.

*Tree ist nicht nur die Patin von Eémela sondern auch die große Schwester, die jahrelang im Kampf vermisst wurde. Ihren beider Vormund Mr. Bouthsberry, fand die beiden Frauen Arm im Arm liegend. Er kam zu ihnen und sagte: „Die Zeit des Versteckens ist vorbei! Ihr könnt jetzt beide eure Ringe offen tragen, um zu zeigen dass ihr verwandt seit. Eémela braucht ihre große Schwester jetzt mehr denn je". *Tree sagte: „Onkel Boo, jemand sollte Mr. Lé Rángc vom Patenschaftsbüro sagen dass Änderungen im

Patenschaftsvertrag vorgenommen werden müssen und dass mein Patenkind mehr als ein Kind zur Welt bringen wird." Dein Patenkind, nicht deine Schwester?" fragte Jennya. „Nein Jen", sagte *Tree: „Ich denke er wird es früh genug selbst herausfinden. Wenn er einen Hausscheck macht um zu sehen, ob Eémel alles hat was sie braucht. Platz für das Babyzimmer, Hilfe mit den Babys und alles andere. Und wenn er herausfindet, dass ich auch noch hier bin, wird er herausfinden wollen wer diese Frau ist die eine lebenslange Patenschaft eingeht. Er hat mich beim Prozess ja gesehen aber Onkel Boo hatte uns beiden so schnell weggebracht das er uns verpasst hatte. Alle vier lachten lange und herzlich, weil sie wussten *Tree hatte recht mit ihrer

Aussage. Doktor Jennya die in einer Ecke des Zimmers saß, hatte sich zurückgezogen um in aller Ruhe den Arztbericht zu lesen den Bardue mitgebracht hatte als er in den Urlaub nach Hause kam. Die Mehrlingsgeburt von Eémelas Babys war nicht die einzige Veränderung der anstand in diesem Haus. Die Ärztinnen und Anführer(in) beider Schiffe hatten auch für *Tree etwas vorgeschlagen, um ihren Gesundheit wieder herzustellen. Wenn die Ärztin meint, die sechs Monate Dienstuntauglichkeit reichen nicht aus um *Tree gesund zu bekommen, soll Sie weiterhin *Tree als dienstuntauglich schreiben. (Die Ärztinnen auf beide Schiffen waren sicher das es ein Frau ist die *Tree versorgt.) Wenn Stardemand nicht einverstanden ist dann soll sie einfach einen Kuraufenthalt beantragen. Wenn das auch nicht klappt, dann sollte Sie versuchen, dass *Tree die knapp 15 Jahre Urlaub bekommt, was ihr zusteht wo sie vermisst war. Dazu auch noch die sieben Jahre von der Space Runner-02 wo sie kaum Urlaub genommen hatte, weil sie so oft krank war. Oder dass sie diesen Urlaub von den 15 Jahren auf dem Nehrus CBA-5142 und einem Teil der Zeit auf dem Space Runner-02 auf ihr Konto ausbezahlt bekommt, damit sie Stardemand vorzeitig verlassen kann. Bis zu dem Zeitpunkt wo Mr. Bardue diesen medizinischen Bericht ablieferte, hatte Mrs. *Tree zusammen mit ihren vier jährigen Ausbildung, 26 Dienstjahre bei Stardemand ohne Unterbrechung absolviert. Auch Bardue hatte 26 Dienstjahre hinter sich.

In den sieben Jahren in denen sie auf die Space Runner-02 war, hatte sie nie das Schiff verlassen, auch nicht als sie krank war, bis auf einen Landgang mit der gesamten Mannschaft, aber nie ins Krankenhaus.

Das Stardust-01 Team schlug für Bardue außerdem vor, in der Nähe von *Tree zu bleiben. Mr. Bardue ist ein ausgezeichneter Chef Security Officer, mit hervorragenden Zeugnissen.

Der Vorschlag für Bardue war, dass er in den Sicherheitsdienst zu Hause bei *Tree bleiben konnte. Wer auch immer der Arzt/Ärztin von *Tree ist, erkundigen Sie sich bitte bei Stardemand, ob die einen Job für Mr. Bardue haben, wo er in der Nähe von *Tree bleiben kann? Der Arzt/Ärztin sollte überlegen, ob 'er' oder 'sie' die Vorschläge der Schiffsärzte akzeptiert. Der behandelnde Arzt/Ärztin von *Tree sollte die Vor- und Nachteile abwägen und dann selbst entscheiden was das Beste ist. Die Schiffsärztinnen befürworten ihre Heimrückkehr zu ihrer Familie. Wenn die Ärztin von *Tree der Meinung ist, dass es das Beste für Sie ist sollte sie mit Mr. Bouthsberry, dem Vormund von *Tree, sprechen damit er das Schiff kontaktieren kann. Dasselbe gilt für Bardue, weil sie vorschlugen dass Bardue wenn möglich in den Sicherheitsdienst geht. Anführerin Karrye von Stardust-01 sagte, sie wurde beide Besatzungsmitglieder sofort versetzen, wenn alle Verantwortlichen der Meinung seien das wäre das Beste für *Tree und dass Bardue bei *Tree sein sollte. Bardue war sehr überrascht, als er nach Hause kam und Jennya bei uns fand. Nach dem *Tree & Eémel gesagt wurden, dass sie ihre Ringe jetzt offen tragen könnten und Jen den Bericht die Ärztinnen gelesen hatte, sagte Bardue uns dass wir Besuch hatten. Drei Personen sind vom Institut Jugend forscht, Damals und heute hergekommen. Sie kamen zuerst wegen Eémela und ihren Pads und Tabletts für sich selbst und wegen die Prototypen für Stardemand. Dann fanden Sie heraus dass Jen, Jimmy, Bardue und ich zusammen mit Bouthsberry Teil des Teams Jugend forscht von Damals waren, die vor 26 Jahren gewonnen hatten, mit unserem Bewässerungsprojekt. Also haben wir alle gewonnen. Die Juroren haben dann gesagt, dass beide Teams diesen Sonderpreis bekommen werden und zwar beide Teams in voller Höhe!

Dann sahen sie dass Eémela und Ich fast die gleichen Ringe tragen. Unseren Vormund Bouthsberry sagte ihnen, wir seien Schwestern, geboren jeweils auf einen der beiden Heimatplaneten ihren Eltern, da es bekannt war dass wir von zwei Planeten abstammen. Dann bleiben die Auszeichnungen und Preisgelder in die Familie, sagten sie. Dann kam auch noch Senior Anführerin Maygard zu Besuch und sagte, dass Eémela und ich befördert wurden. Da fand sie auch heraus, dass Eémela und ich grade eben

Auszeichnungen zusammen mit unseren Teams von Preiskomitee erhalten hatten.

Plötzlich stürmte der alte Lehrer von Bardue und mir, ungebeten herein und beschimpfte und verfluchte uns alle, egal wer es war. Er hat mich in der Schule immer beleidigt und beschimpft, mich herausgefordert und er hatte versucht mich sogar anzumachen, obwohl ich noch minderjährig war. Ich war wegen ihm mehrmals auf der Krankenstation von Stardemand. Er hat Bardue und mich niedergemacht gleichermaßen und viele andere Leute auch, Frauen und Männer aus anderen Jahrgänge. Er hat drei meiner Unfälle provoziert, einmal einen Tauchunfall, obwohl ich nicht hätte tauchen dürfen, einmal am Kletterseil, obwohl das hätte auch nicht sein dürften. Das wäre ohne ihn auch nicht passiert. Und der Höhepunkt war, an dem Tag als er mir den Kiefer und meinen linken Arm brach! An dem Tag als er mich dafür bestraft hat wie er es ausdrückte, da ich ihn immer wieder abgewiesen hatte. An diesem Tag hatte er mich arg in Verlegenheit gebracht und mich vor der ganzen Klasse bloßgestellt, weil ich nicht das befolgte was er seine Befehle nannte und nicht auf ihn reagierte, wie er es sagte. Aber wir waren Studenten sonst nichts, keine "Was weiß ich?" Er konnte mich nicht erpressen oder kriegen und das gefiel ihm gar nicht. Aber an diesen Tag hatte ich mich endlich gewährt, kurz bevor ich seinetwegen als Linkshänder meinen linken Arm brach. Er hatte mir auch noch meinen Tablett

mit einen persönlichen Brief an meinen Vater
weg genommen, weil er meinte es wäre einen
Verschwörungsschreiben gegen ihn. Am ende
musste er Stardemand verlassen, weil ich den
Mut hatte ihn zu verklagen, weil er eine Minder-
jährige belästigt, bedrängt und geschlagen hat.
An diesem Tag hatte ich 29 Volljährige Zeugen
auf meiner Seite und eine Menge Beweise am
Körper. Die andere zwei Unfälle kamen auch
noch dazu. Dann hatten alle anderen, den er etwas angetan hatte, auch den Mut gefunden ihn
anzuzeigen und mit einer Sammelklage von uns
war er weg. Bardue hätte ihn zusammen mit mir
auch ohne all die anderen angezeigt. Jetzt, 26
Jahre später wollte er auf jeden Fall Rache und
das Bardue auch bei uns war hatte ihn noch

mehr geärgert. Der Ex-Stardemand Mann griff
uns an und wurde festgenommen, woraufhin
Jimmy allen gesagt hatte, dass niemand das
Haus oder den Garten zu seiner eigenen Sicherheit verlassen dürfe. Mr. Bardue half Jimmy Mr.
Expander, (so hießt der Lehrer) in die Arrestzelle
der Stardemands zu bringen. Die Sicherheits-
vorkehrungen rund um den Garten und das
Haus würden verschärft und nachdem Mr. Expander in der Zelle war, hatte Jimmy einen stillen Sonderalarm der Stufe Rot ausgegeben. Wir
alle waren uns sicher, dass Mr. Expander Hilfe
von unseren Feinden hatte und die Sicherheitskräfte wollten in Ruhe nach ihnen suchen ohne
sie zu warnen, dass die Suche im Gange war!
Der Anblick dieser Mann war so schlimm dass

es mir schlecht wurde. Nachdem ich eine Weile im Bad war, hat Jen mir Bettruhe verordnet dann hat sie sich um mich gekümmert. Später erzählte Jen ihren Brüder Jimmy, was die Schiffsärztinnen über Bardue und mich erzählt hatten. Wir erfuhren später dass Jimmy sein Freund Bardue bereits als Urlaubsaushilfekraft auf der Liste der Sicherheitskräfte Gestellt hatte, also war es für ihn kein Problem Bardue wieder ins Team aufzunehmen und mich auch, obwohl ich zurzeit im Krankenstand bin. Als sich die Dinge endlich beruhigten, kontaktierten Jen und Onkel Boo den Stardust-01 und arrangierten dass Bardue und ich zurück nach Hause versetzt wurden, mit dem Zusatz dass ich auf Dauer für den Dienst im All auf einem Raumschiff

oder einer Raumstation untauglich sei. Und das
wo ich auch bin, Mr. Bardue immer bei mir in
der Nähe in Dienst sein sollte, da er meine Anfälle kennt und weiß was zu tun ist wenn sie
auftreten.

2.)

Durch eine Naturkatastrophe an der Küste
mussten wir fliehen, wir haben unser Zuhause
und wahrscheinlich auch unsere Heimatstadt
verloren. Aber wir haben noch eine Chance einem neuen Zuhause zu bekommen. Irgendwie
hatte ich das Gefühl dass die Nehrus mich ruft,
so verrückt wie das klinkt. Sie sollte verschrottet
werden hießt es einmal, dann sagte man sie sei
gesprengt worden, jetzt heißt es sie wurde ver-

steckt. Sie ist nicht mehr flugtauglich, aber das bin ich auch nicht mehr. Ich muss mal später mit Senior Anführerin Maygard reden, ich weiß nicht wie hoch mein Vermögen ist aber Bouthsberry weiß es. Vielleicht kann ich Stardemand das Schiff abkaufen und ein neues Heim, ein neues Zuhause für uns alle daraus machen. Bardue, Jimmy und Jennya hätten ein neues Zuhause. Onkel Boo und ich auch. Vor allem Eémela hätte viel Platz für sich und die Kinder. Auch der Rest von unserem kleinen Team hätte Platz. Debbie konnte sogar ein Nähstudio aufmachen. Onkel Boo hätte auch sehr viel Platz für seinen Garten. Wir hätten auch viel Platz für unseren Jugend forscht Projekte und wer weiß, vielleicht hören dann auch endlich all die schlimmen Anfällen auf. Das wäre so schön nach all den Jahren. Senior Anführerin Maygard war sogar froh dass sie bei uns feststeckte, jetzt habe ich endlich ein paar freie Stunden und Urlaub, sagte Sie. Die drei Juroren ging es ähnlich.

Kapitel 12: ERGÄNZUNGEN:

1.)

Es stellte sich heraus dass die NEHRUS CBA-5142 nie im Besitz von Stardemand war, ich hatte Senior Anführerin Maygard gefragt ob ich das Schiff von Stardemand abkaufen konnte. Das Schiff war nur von unserem Volk eine Leihgabe auf Zeit. Das kam kurz vor der Tragödie heraus, bei der wir unser Zuhause verloren hatten. Seit über 20 Jahren befindet sich eine Kapsel mit diesen Informationen bei Stardemand, die verloren gegangen ist. Dass hat uns Senior Anführerin Maygard gesagt. Das war einer der Gründe warum sie bei uns war und nicht nur wegen den Beförderungen von Eémela und mir. Als Entschädigung wurde meiner Familie und mir die NEHRUS CBA-5142 übergeben und Stardemand half uns das Schiff wieder flott zu machen. Nur wird sie nie wieder in den Weltraum fliegen, sondern fast wie ein normales Shuttle oder Flugzeug sein, (ein fliegendes Haus eben). Das ist auch gut so wegen Onkel Boo und die Babies. Die Natur wollte dass ich auch ein Baby bekomme, vielleicht wegen Eémela damit ich ihr mit ihren Babies helfen kann?

Wir haben überraschend Besuch von Dr. Jay

McKee, der Chefschiffsarzt der Nehrus bekommen. Er kam zu dem Forschungsinstitut wo wir Zuflucht gefunden hatten vor der Unglück an der Küste, da wo unseren Babies auch zur Welt kamen. Da trafen wir auch auf Mary und ihren Schwester Dr. Steffanie McPhierson, die Mutter von Nancy, eine Helferin von Jens medizinischen Team. Mary war mit Dr. Jay und mir auf die Nehrus CBA-5142.

Mary ist jetzt auch Ärztin, sie hatte 15 Jahre lang auf die Nehrus CBA-5142 unter Dr. Jay gelernt.

Es stellte sich heraus dass Dr. Jay ein guter und alter Freund von Onkel Boo war. Die beiden wollten mir helfen endlich heraus zu finden warum ich immer noch so schlimme  Anfälle wegen der Zeit auf die Nehrus CBA-5142 habe und was es war das mir unseren Anführer und der zweiter Anführer anvertraut hatten, das ich nicht vergessen sollte und doch vergessen hatte, oder es kam mir jedenfalls so vor. Außerdem konnte ich es nicht erklären wie es möglich war das die Nehrus nach fast 15 Jahren immer noch geflogen ist in dem Zustand die sie war. Ich hatte eine Vermutung, aber sie war so weit hergeholt. Oder war es vielleicht doch möglich? War ich irgendwie mit der Nehrus verbunden durch Telepathie?

Aber das konnte nicht möglich sein, oder doch? Sowohl Anführer Mr. T'Laut, als auch der zweiten Anführer, Mr. Tempt waren in der Lage diesen Kunst auszuüben und dann war da auch

Dr. Jay McKee, auch er beherrschte dieser Kunst. Und ich ja auch. Die Nehrus CBA-5142 ist ein Experimentalprototyp, sie ist einmalig. Dr. Jay hatte mehr als einmal in den 15 Jahren gesagt das ich nicht nur die Kameraden beruhigt und Mut gemacht hatte, sondern auch das Schiff. Ich hatte oft genug in meiner Verzweiflung auch mit der Nehrus im Gedanken gesprochen und gesagt sie musste durch halten, wir machen was wir können um ihr zu helfen und zu reparieren. Aber sie muss ja auch mit helfen. Ich hatte mir oft eingebildet dass sie mich verstanden hatte. Wenn es ihr schlecht ging - ging es mir auch schlecht, ich hatte ihr Schmerz und leid ebenso gefüllt wie die meine Kameraden, nur hatte ich nichts gesagt, man hätte mich für wahnsinnig gehalten. Und es war alles schon wahnsinnig genug. Aber irgendwie wenn ich heute so nachdenke, glaube ich dass es Dr. Jay gewusst hatte. Das konnte eine von den Gründe sein, das er mich gepflegt hatte auf die Krankenstation wenn ich krank war. Ich ließ ja niemanden an mich dran außer Mary und Doktor Jay.

Wenn bei Eémela in ihrem fünften Schwangerschaftsmonat, den Tag an dem wir unseren Zuhause verloren, keine Wehen eingesetzt hätten, hätte niemand gewusst dass ich überhaupt ein Baby bekomme. Mein Körper hatte sich nicht verändert. Ich war in meinen siebten Schwangerschaftsmonat! Aber indem ich selbst ein Kind zur Welt gebracht hatte, konnte ich Eémela

helfen ihr schwächstes Kind zu stillen. Damit sie
die anderen beiden stillen konnte, denn kurz
bevor wir unseren Zuhause verloren hatten,
stellte es sich heraus, dass sie nicht wie alle
dachten Zwillinge bekam, sondern Drillinge!
Eémelas Babies haben die Ärzte per Kaiser-
schnitt geholt, mein Sohn kam auf die natürli-
che Art und Weise zur Welt. Eémelas erstgebo-
renes war ein Mädchen, es war auch das
schwächstes Baby, dann kamen die beide anderen. Noch ein Mädchen und ein Jungen. Nancys
Mutter, Dr. Steffanie, half Jen und die Ärzte von
Institut die Babies zur Welt zu bringen. Sie ist
Geburtshelferin.

Unsere Babies wurden auf der Erde geboren,
das eine Mädchen hat Onkel Boo bei der Geburt

Chris benannt. Sie ist die erst geborene von Eémela. Ich hatte Eémelas erstes Kind sozusagen
adoptiert weil sie so schwach und unterentwi-
ckelt war und nur der Allmächtige wusste ob sie
überhaupt am Leben bleibt. Dr. Steffi hatte die
kleine Chris an meine Brust gelegt und fest ge-
bunden in ein art halfter, während ich in den
Geburtswehen lag. Sie war es auch die mein
Sohn Joey zur Welt brachte, Nancy half ihr. Mary, Jen & Dr. Jay halfen die anderen Ärzte mit
Eémela und sorgten dafür dass die Babies
erstmals etwas saugen konnten bei uns beiden,
dann kamen alle viere in den Inkubator; danach
in das Shuttle weil wir auch von hier fliehen
mussten. Niemand wusste dass ich überhaupt
ein Kind bekomme, bis Eémela viel zu früh In

den Wehen lag. Am alle wenigsten ich! Onkel Boo hat allen Babies den Namen gegeben. Eémelas zuerst geborene den Namen Chris, mein Sohn den Namen Joey. Und dann ist da noch das andere Pärchen das bei Eémela geblieben ist. Sie heißen: Deanne und Gabriel-Louis.

Eémela sorgt für die beiden etwas kräftigeren Babies und ich für die beiden schwächeren, da ich viel mehr Milch hatte als Eémela.

Das eine Mädchen das ich säugte Chris, möchte ich Christin Bernadett Annmarie nennen. Meinen Sohn Joey, möchte ich mit vollen Namen gerne José Eduardo nennen. Onkel Boo sagte er würde es sich durch den Kopf gehen lassen. Heut zu Tage kann das alles bei ihn heißen. Er ist immer noch so undurchschaubar wie ehe und je. (Lach.) Ich liebe Onkel Boo so sehr. Danke Mum und Vater, das ich zur Stardemand gehen durfte und das ich beim Onkel Bouthsberry leben konnte. Ich liebe euch von ganzen Herzen. Und ich habe Onkel Boo gesagt das ich zwei unsere Babies gerne nach euch beiden benennen möchte.

Onkel Boo, glaubst du das Patenschaftsbüro denkt dass Eémela jetzt genug Platz für die Babies hat? Ich habe Onkel Boo auch nach den Ringen gefragt. Bekommen unsere Babies auch Geburtsringe? Über die Babies sagte Onkel Boo nur: „Die Zeit wird es zeigen." Das heißt abwarten, die Zeit wird uns sagen wie es weiter geht, wenn es soweit ist. Ja, Onkel Boo hat sich im

Laufe der Jahre nicht ein Stückchen verändert um es kurz zu machen. Dem Himmel sei Dank! Sonst wäre er nicht Onkel Boo. Eémela und ich haben unsere Ringe von Papa durch Onkel Boo bekommen, ebenso wie ich meine Halskette zu meinem 19ten Geburtstag. Mein Ring war von Vater, da ich auf seinem Heimatplaneten geboren wurde. Der Ring seines Hauses war außen, der von Mutter innen. Bei Eémela war es grade umgekehrt, der Ring von Mutters Haus war außen, weil Eémela auf ihrem Heimatplaneten geboren wurde, der Ring von Vater innen.

Stardemand hat für uns in den Schweizer Alpen ein Platz gefunden und gepachtet, wo wir erst mals mit der Nehrus bleiben können. Es ist ein Tal das von Bergen umgeben ist. Ich war besorgt über die Stromversorgung und wie wir den Menschen helfen könnten, die uns ihr Tal überlassen hatten nachdem sie hörten, wer um Hilfe bat. Außerdem mussten wir all das Material besorgen das wir brauchen, um die Nehrus wieder fit zu machen. Ich habe die Lösungen wegen der Elektrizität gefunden. Deshalb habe ich gesagt wir sollten Sonnenkollektoren und Solarzellen auf dem Schiff anbringen, das wird das Tal schonen, und wir sollten alle Unternehmen mit Arbeitsaufträgen an Bord holen die wir brauchen, um das Schiff zu restaurieren. Stardemand Mitarbeitern und Leuten aus dem Tal arbeiten zusammen um uns zu helfen. Vielleicht können wir einigen Leuten sogar einen festen Job geben, solange wir hier in Tal bleiben, und bleiben dürfen. Wenn z.B. Debbie eine Nähstube eröffnet. Ausbilden darf sie ja, sie hat die Prüfung gemacht. Oder als Koch/Bäcker oder ähnliches? Wir könnten überall Hilfe gebrauchen.

Dr. Jay & Senior Anführerin Maygard fragten:" Was meinst du? Du solltest Anführerin sein „*Tree." Nein danke, ich bin eine Vollzeitmutter mit zwei sehr kleinen und schwachen Babies.

Meine Zeit ist ausgebucht. Ich habe dieses Angebot schon einmal abgelehnt vor 22 Jahren unter ganz anderen Umständen und würde vorübergehend Nr. 1. Dr. Jay wurde damals Anführer bis wir wieder nach Hause kamen. Die Reparaturarbeiten wollte ich mit meinem Stardemand Sold aus eigener Tasche bezahlen. Dann sagte

Onkel Boo „Nein", wir zahlen es vom Familienkonto. Die Leute von Jugend forscht haben zu unseren beiden Vorschlägen nein gesagt. Sie sagten: „das Jugend forscht Team zahlt die Reparaturarbeiten aus einem neuen Fond im Rahmen eines neuen Projekts von uns; Aus ‚Alt' mache ‚Neu' & Bewohnbar!" Das wäre großartig, vielen Dank.

Es geht auf Weihnachten zu. Die Nehrus CBA-5142 strahlt in neuen Glanz, sie wurde repariert und modernisiert. Sie wurde auf die neusten Stand der Technik gebracht. Sie kann sogar wieder fliegen. Wir haben viele neue Paare an Bord, und einige erwarten Kinder. Bei dem Ritual das Onkel Boo abgehalten hatte fand ich heraus, dass Onkel Boo mein leiblicher Vater ist.

Dies war eines der Best gehüteten Geheimnisse in unseren Familien! Nur eine Handvoll Menschen haben dies jemals gewusst. Tief in meinem Herzen hatte ich mir das immer gewünscht und geträumt das Onkel Boo nicht nur mein Vormund und Onkel war, sondern auch mein wahrer (richtiger) Vater. (Ich hatte immer das Gefühl, dass er es war.)

An den Tag in März als wir heimatlos geworden sind, nahm auch Jennya teil an dem Ritual, und jetzt bekommt sie in der Vorweihnachtszeit ein Baby. Kurz nach dem Ritual hat Jennya gesagt dass sie mit mir zusammen leben möchte als Partnerin, sie kennt meine Angst vor Männern. Onkel Boo hat auch nichts dagegen, im Gegenteil er freut sich, und hofft Jen kann mir helfen die Anfälle zu bekämpfen. Wer weiß, vielleicht haben wir um die Weihnachtszeit eine Hochzeit. Jen und ich wollen an Weihnachten heiraten, wenn mit dem Kind alles gut ist. Und ich habe auch ihren Nachwuchs in den Patenschaftsvertrag  mit auf nehmen lassen. WOW! Wie es aussieht werden wir nicht nur einen Hochzeit an Weihnachten haben! Jimmy und Eémela sind jetzt verlobt, mit der Erlaubnis von Onkel Boo, und nicht nur Jen und ich. Und Dr. Jay und Mary sind jetzt auch ein Paar. Bardue ist Trauzeuge zusammen mit Onkel Boo.

Das wäre die Krönung, bis dahin die Nehrus fertig zu bekommen, es gibt immer noch Kleinigkeilen zu machen. Es wäre ein toller Neuanfang für uns alle. Senlor Anführerin Maygard und die drei Leute von Jugend Forscht Komitees haben ihren neuen Büroräume auf die Nehrus CBA. Der Sicherheitsdienst von Jimmy ebenso. Mr. Lé Ránge hat den Weg zu uns gefunden und gesehen das es mehr als genug Platz für Eémelas Babies gibt, und nicht nur für ihre. Er weiß jetzt auch wer ich bin, nämlich die große Schwester von Eémela.

Wir haben das Instituts Team an Bord das uns das Leben gerettet hat bei der Geburt unserer Babies. Und wir haben einige Krankenstationen. Onkel Boo hat wieder einen großen Garten. Debbie hat ihre Nähstube und bildet sogar Leute aus. Und ich habe nicht mehr so viele Anfälle, alles wird langsam wieder normal.

Wir haben alle, die uns in den letzten Monaten geholfen haben, eingeladen Weihnachten mit uns auf die Nehrus CBA zu verbringen. Es kommt wieder Leben auf das Schiff. Es gibt auch einen Ehrentafel auf dem Schiff in Gedenken an alle Freunde die wir damals verloren haben. Ich wollte das unbedingt haben und Jay half mir mit den Namen. Ich wünschte mir, dass wir die alte Crew zusammen bekommen könnten, aber dass ist wohl nur ein Wunsch. Na ja, es sind ja drei von uns doch hier jedenfalls. Ich hätte auch gerne die Klassenkameraden bei uns die mir an diesen einen Schultag zur Seite standen aber nur Bardue ist hier. Aber vielleicht finden wir noch den einen oder den anderen? Als Schulkameraden sind Jen & Jimmy da und einige von deren Teams. Wer weiß, vielleicht haben wir an Weihnachten nicht nur einige Hochzeiten sondern auch einige Taufen dazu. Wenn Jens Baby schon da ist und die vier von Eémela & Mir. Vielleicht auch die anderen Babies die bis dahin da sind? Das wird ein fröhliches Weihnachten auf jeden Fall. Wir hatten jetzt so viel Platz auf dem Schiff, dass Onkel Boo einen sehr großen Garten haben konnte, und Debbie hatte ihren Nähschule, und Jimmy machte ein ganzes Deck zu einem Ort für Sicherheitstraining. Er, Bardue und ich konnten unseren Show Trainingsprogramm sogar so gestalten wie wir es vor 26 Jahren gemacht hatten, nur nicht so hart wie damals, jedenfalls nicht für mich, ich bin aus der Übung. Aber wir hatten eine Trainingsschule wo jeder lernen konnte sich zu verteidigen, auch den Kindern damit sie nicht das durch machen mussten was Eémela und ich durchgemacht haben. Viele unserer Freunde haben bei uns auf der Nehrus ein neues Zuhause gefunden. Senior Anführerin Maygard hat ihr neues Büro auf die Nehrus CBA eingerichtet, und die Juroren des Jugendforschungskomitees haben ihr neues Büro auch auf die Nehrus CBA eingerichtet! Sie sagten, "wir hatten noch nie so viel Platz wie hier!! Danke Mrs. *Tree, dass Sie uns angeboten haben, hier auf diesem wunderbaren Schiff zu bleiben, sagten die vier zusammen."

OH! Übrigens Mr. Lé Ránge hat nicht nur den Weg zu uns gefunden und war beruhigt, dass nicht nur Eémela genug Platz und Hilfe für und mit dem Babies hatte, lach. Sondern alle anderen ebenfalls. Er hat sehr; sehr vorsichtig gefragt, ob auch er seinen neuen Patenschaftsbüro auf die Nehrus CBA eröffnen darf? Nicht weil er uns kontrollieren wollte sondern weil auch er, wie so viele anderen auch, sein Zuhause verloren hatte. "Natürlich, sagte Onkel Boo, noch ist das Schiff groß genug! Wir haben hier schon den Sicherheitsdienst und die Jugendforscht Büros. Und einige andere Anführer sind auch hier auf dem Schiff. Sie leben auch hier, die Nehrus CBA-5142 ist ihr neues Zuhause. Momentan haben wir noch etwas Platz."

Vor fünf Jahren hatte ich den beiden Komplexleiter von meinen Heimatplaneten gesagt, dass wenn wir ihnen helfen könnten, sollten sie sich an Onkel Boo wenden; das haben sie jetzt letztendlich gemacht. Auch Sie hatten ihre Komplexbüroräume in San Francisco verloren. Jetzt fragten auch Sie nach ob sie auf die Nehrus CBA ziehen dürften? Wir sagten gerne „JA"! Bardue & Jimmy haben dann sofort angefangen Umbauarbeiten auf die Nehrus vorzunehmen, mit den höchsten Sicherheitsvorkehrung zusammen mit Onkel Boo. Als das fertig war haben die drei zusammen mit einem handverlesenem Team, sich auf den Weg zu unserer alten Heimat aufgemacht um beim Umzug zu helfen. Ich wollte auch mit aber Jen sagte: „nein, denk an die Babies, die brauchen dich, Eémela auch. Du wirst hier gebraucht." Was Onkel Boo nicht gesagt

hatte, war dass er zusammen mit Bardue &
Jimmy, sehen wollte wie es in der Gartenanlage
aussieht. Und ob es überhaupt etwas gibt was
man retten kann. Er wollte auch nach unseren
Freunden sehen die nicht bei uns waren. Zu den
handverlesenen Begleitern waren auch Dr. Steffi, Dr. Jay & Mary. Robbie hatten sie auch mit-
genommen, Rosie blieb bei uns auf dem Schiff.
Robbie ist Eémelas Roboter Freund, einen Prototyp, den sie gebaut hatte und der fast alles
machen kann. Rosie ist eine von Eémela gebau-
ten Prototyp eine medizinische Roboter Krankenschwester und ist fester Teil von Jennya's
Ärzteteam. Ja langsam wird der Platz auf die
Nehrus weniger, lach. Oder die Leute mehr, wer
weiß das genau? Es zeigt nur eines, die Leute

vertrauen auf uns und das wundervolle Schiff. Sie hat ein neues Leben bekommen, und alle die auf ihr sind auch.

Kapital 13: DIE NEHRUS CBA-5142 – UNSERE NEUE ZUHAUSE! -RÜCKBLICKEND

1.)

In April 2404 mussten wir San Francisco verlassen wegen einige Naturgewalten. Kürz davor ist unsere Ex-Stardemand Lehrer Mr. Expander uneingeladen in unseren Haus rein geplatzt. Das Bardue da war kam ihn gar nicht recht. Jimmy & Bardue haben ihn Verhaftet und weggebracht. Ich was so fertig und kürz vor einen Anfall. Da ich solange in Bad war musste Jen nach mir sehen und Onkel Boo eine Ritual abhalten. Jennya & Bardue waren auch dabei. Es war eine Ritual

mit viele Überraschungen. Zu dieser Zeit wüsste
ich garnicht daß ich in siebten Monat Schwanger war. Auf der Krankenstation der Space Run-
ner-02 als ich in Koma lag, würde ich angegriffen, misshandelt und schwer Verletzt worden.
Jennya war jetzt auch Schwanger ohne es anfangs zu wissen. Eémela war in November 2403
überfallen und mehrfach misshandelt, sodass
sie jetzt in April in fünften Monat Schwanger ist.
Eben hat sie von Ärzte Team erfahren das sie
nicht Zwillinge bekommt wie alle dachten sondern Drillinge!!!! Das war ja Super Klasse! Unseren alten Ex-Lehrer tauchte auf ; Eémela in fünften Monat Schwanger; Ich in siebten Monat ohne es zu wissen und die andere Überaschungen.
Dann kamen die Naturgewalten und wir muss-

ten blitzschnell weg.

Der Ex-Lehrer von Bardue, Jennya, Jimmy und mir ist nach 26 Jahren wieder da und sauer daüber uns vieren zusehen. Ins besonders Bardue und mir.

Er bedrohte alle die anwesend waren, ganz gleichen Rang sie hatten. Da hatte er aber pech das Jimmy und seine Sicherheitsteam da waren bei uns. Er würde schnell weggebracht, Kürz danach kam das Unglück.

 Wir fanden erstmals Zuflucht von den Naturgewalten an der Küste in Reno, Nevada. Da trafen wir auf Dr. Jay, Mary. Zwei gute freunde von der Nehrus CBA-5142. Da war auch Dr. Steffi, die Schwester von Mary und Mutter von Nancy, Nancy ist eine junge frau in Jen's Ärzte Team.

Dr. Steffi ist auch die Frau von damals, auf die Turnabout unter Mr. Kelly gewesen. Ich hörte davon in meine Schulzeit. Ein grund mehr warum ich nicht auf die Turnabout wollte damals. Noch mehr Überraschungen kamen nach als Eémela und Ich Erführen daß Dr. Jay auch unseren Onkel ist.

2.)

In unsern ersten Zufluchtsort stellten sich frühseitig die Wehen ein. Fast gleichzeitig auch bei mir! Bravo!!!!

Durch ein Bauchschnitt haben die Ärzte Eémela's Babies geholt. Das erst geborene war auch das kleinste. Dr. Jay holte es mit hilfe von Dr. Steffi.  Sie legten es gleich an mein Brust, obwohl mein Baby noch nicht da war. Die andern

Ärzte vom Team waren beim Eémela, Dr. Steffi und Nancy bei mir. Kürz danach mussten wir wieder fliehen. Danach hatten wir auch endlich die Nehrus gefunden.

3.)

Es ist jetzt einige Monate her und unsere vier kleinen geht es sehr gut. Jennya ist doch in Früh-jahr Schwanger geworden, geburstermin ist in der Vorweihnachtszelt. Eémela und ich werden auch wieder Babies bekommen, aber diesesmal gewohlt aus Liebe. Ach ja, es werden einige Hochzeiten geben: Jimmy & Eémela, Jennya & Ich, Dr. Jay & Mary. Onkel Bouthsberry & Dr. Valeria, Bardue & Advisorin Veen beide von der Stardust-01.. Ach ja, da sind die beiden Kom-

plexleitern Mrs. Val & Mr. Vaduze auch noch.
Senior Anführerin Maygard über nimmt die
Trauungen als ehemalige Schiffsanführerin....

Lassen wir uns Überraschen ob es noch mehr
paare werden? Es ist doch ja Weihnachten! Unsere fünf kleinen werden dann auch Getauft.

4.)

Es ist Weihnachten die Wünsche werden
Wahr!!!! Die ganze Schulklasse von damals ist
hier mit Familie. Unsere Lehrerin die uns so geholfen hatte mit Familie. Der Rest von unsern
Jugend forscht Team ist auch hier samt Lehrern
und Anhang. Die haben sogar für den Gartenanlage von Onkel Boo einen Projekt model das
geht.

Onkel Jay und Mary haben mit Hilfe von Senior Anführerin Maygard die Komplette NEHRUS CBA-5142, Mannschaft gefunden samt Familien, auch die Familien unsern gefallen Kameraden....

Sogar die Teams von der Space Runner-02 und der Stardust-01 sind alle hier. ☺ ♥☼☼

Ich wünschte nur das Mutter und Vater wären hier mit Ihren Teams die jetzt noch vermisst sind. Ich bete dass es denen gut geht und dass die Sterne über sie wachen. UND DOCH!!! Sie sind ja hier: In die Augen von den Enkelkindern, in ihren Lächeln, in ihren Mimik. Nicht nur ich habe oft Tränen in den Augen, Onkel Boo & Onkel Jay auch. Eémela kann manchmal Garnichts mehr aufhören. Sogar die Nehrus weint.

Denke von mir was ihr wollt, aber ich sage: Die Seele von Mum und Dad sind ein Teil dieses Schiffes, ihr Blut ist in dieses Schiff auch und das ihre Freunde.

 Dr. Jay, Mary und Senior Anführerin Maygard haben alles dran gesetzt alle Leuten her-zubekommen, Dr. Jay und Senior Anführerin Maygard sind mit Robbie zu diesen Orten geflo-gen mit Jimmy und sein Team und haben alle geholt. Advisorin Veen ist auch mit geflogen. Danke Freunde! So können alle sehen dass die NEHRUS CBA-5142 nicht vergessen würden und nicht umsonst ihr Leben verloren hatten. RIP-FREUNDE!!!  Danke Doktor Jay- Bless your Soul..

 Vielleicht war es das was die beiden Anführer mir sagen wollten? Das meine Eltern halfen die Nehrus CBA-5142 zu bauen mit ihren Freunden? Dass ihre Persönlichkeiten ein Teil des Schiffes sind?

NUR DIE STERNE KENNEN DIE ANWORT.


ENDE

Über die Autorin:

B. E. Wasner wurde am 30. März 1953 in Frankfurt am Main (DE) als Tochter eines US-Soldaten und einer Krankenschwester geboren.

Sie bekam den Namen: <u>Berta</u> Edith Schulz.

Etwa sechs Monate später zog sie mit ihren Eltern in den USA. B. E. wohnte von 1953-1956 in Connecticut, USA. Von der Ostküste ging es 1956 nach Panama, wo sie 1958 an Gehirnhautentzündung erkrankte. Nach ihrer Krankheit in 1959, ging es nach San Francisco, Kalifornien, USA bis 1960. Dann wohnte sie in der Nähe von Santa Rosa, Kalifornien, USA bis Silvester 1962.

Von da ging es bis April 1966 in das hessische Gießen, Deutschland. Zurück in den USA lebte sie wieder in der Nähe von Santa Rosa, Kalifornien, USA bis sie schließlich im Oktober 1969 nach Frankfurt am Main, Deutschland zurückkehrte bis 1971. Danach hatte sie in einigen Orten gewohnt, bis sie 1975 in die Stadt kam, wo sie bis heute lebt. B. E. hat in 1976 Herrn Wasner geheiratet und nach der Scheidung in den 1980er Jahren behielt sie ihren Namen bei. In den 1980er Jahren nahm sie dann auch die deutsche Staatsbürgerschaft an. Sie ist seit ihrem sechsten Lebensjahr schwer gehbehindert, und sitzt seit ca. 1,5 Jahren fest im Rollstuhl. B. E. spricht Englisch & Deutsch. Sie hat einen altern Kater, ein Maine-Coon & Slam mix.